春树 著

THE DISTANCE BETWEEN
THE WORLD,
AND I

把世界还给世界，我还给我

重慶出版集團 重慶出版社

图书在版编目（CIP）数据

把世界还给世界，我还给我 / 春树著. -- 重庆：重庆出版社，2015.10
ISBN 978-7-229-09981-7

Ⅰ.①把… Ⅱ.①春… Ⅲ.①散文集—中国—当代 Ⅳ.①I267

中国版本图书馆CIP数据核字（2015）第124793号

把世界还给世界，我还给我
BA SHIJIE HUANGEI SHIJIE, WO HUANGEI WO

春树 著

出 版 人：	罗小卫
策　　划：	华章同人
出版监制：	王舜平
责任编辑：	舒晓云
特约编辑：	王非庶
营销编辑：	刘 菲
责任印制：	杨 宁
封面设计：	7拾3号

重庆出版集团
重庆出版社 出版

（重庆市南岸区南滨路162号1幢）
投稿邮箱：bjhztr@vip.163.com
北京鹏润伟业印刷有限公司　印刷
重庆出版集团图书发行有限公司　发行
邮购电话：010-85869375/76/77转810
重庆出版社天猫旗舰店
cqcbs.tmall.com
全国新华书店经销

开本：880mm×1230mm　1/32　印张：8.25　字数：125千
2015年10月第1版　2015年10月第1次印刷
定价：39.80元

如有印装质量问题，请致电023-61520678

版权所有，侵权必究

目录

一个人的力量

一个人的力量 …003
看你往哪儿逃 …005
为什么我们不想住在县城 …008
一个理想主义者 …012
过去我曾经苍老 …015
你的青春是你的 …019
概不优雅 …021

既然谁都留不住

不想长大 …025

少年乌托邦 …028

一个胡同串子的生活 …031

青春未央,不要慌 …034

张狂往事 …036

瞬间片刻 …039

微量的幸福 …041

春风沉醉的北京 …043

神经病 …046

一个朋友 …049

既然谁都留不住 …051

芍药季，还需要一枝粉玫瑰

我的猫儿子们 ...057

猫事 ...064

像少年般简单生活 ...067

当一个享乐主义者 ...070

柏林少女 ...072

芍药季，还需要一枝粉玫瑰 ...075

如果能一直住在酒店 ...078

游泳去 ...080

南国少年 ...086

阅后即焚

生命的源泉 ...091

梦把你撒向远方 ...094

看闲书 ...096

两个男作家 ...099

睡前阅读 ...101

那时候，我们想改变世界 ...104

蓝色是不是一种温暖的颜色 ...107

一路嚎叫的文学青年老甜甜 ...111

一个献身于艺术的女人 ...114

《你好，无聊》...117

这堂课 ...120

一切关乎生命力 ...123

世界和平与你无关 ...126

听上去就很遥远

在正确的地方 ...131

在岛上 ...133

猫国 ...136

伦敦二三笔 ...139

环岛小旅行 ...142

巴黎或者法国 ...166

巴黎的天空 ...169

巴黎春天 ...172

从巴黎到柏林 ...174

悠游漫记 ...177

路过文明，路过精英摇篮 ...186

时空交错三场景 ...190

东城故事

东城故事 …197

兔子 …225

大哥失踪了 …231

敌人易得 …242

一 个 人 的 力 量

像拒绝被污染的空气一样
我拒绝被污染的情感
我拒绝
他人身上的那些黑暗、那些过去
我拒绝去看
去听
去想
我拒绝去感受那些我不想了解的事
我拒绝看见肮脏
看见残忍
看见血和死亡
光知道这些存在
就够我受的了
我真的想搞清楚
你们怎么那么坚强

——《苦难的历程》 2013.1.13

一 个 人 的 力 量

最近又开始了讨论80后的热潮,首先是人民日报的微博登了篇文章,斥80后"暮气沉沉",后又登了篇读者来信《我们不是垮掉的一代》,亚洲新闻周刊微博登出韩松文章《艰难的八〇后》,及《续一》《续二》。

前几年80后初长成的时候,媒体曾有一阵儿讨论过80后,毁誉参半吧,或者说将近一大半都是批评。差不多十年过去了,如今的80后大多三十而立,媒体为什么又开始关注这一代人?其实也到了该讨论的时候了。

我们该怎么办?首先应该好好回忆一下过去,然后把它封存在心里,接着往前走。修订你的路线,选择你要生活的地方,该努力的就努力,该改变的就改变。这听上去特别像励志片吧?在这个春天,我经历了从来未曾经历过的事情,甚至做梦都没有想到的事情,有段时间心情灰暗压抑、焦虑,我不知道为什么会被卡到一个点上,不知道我的过去会如此影响我的现在和我的未来。后来我想通了，不能因为过去而影响未来。"别耽误我！"这是一个90后诗人说的话，我记忆犹新。

我打算把自己彻底剖析一遍。我知道这过程很痛苦，是揭开伤口，是自我审判……但为了未来能活得比现在好比现在清醒，我必须这么干。如果有天我离开，唯一的遗憾就是没法对你们做更多。这个你们，就是指我的读者们，甚至不是我的读者的普通的年轻人。我知道一个人的行为就是为所有人开拓空间，比如一个人艰难跋涉，会有人看到，因此得到鼓励。就像我曾经看到的一句话所说，那些艰难跋涉的人向前走，他们看到了光亮，然后向后面的人表述，别人也能因此获得力量。所以一个人的力量也是重要的，幸好现在是全球化时代，是互联网时代，因此，即使在海角天涯，一个人的力量照样会让他人得到启示。

看你往哪儿逃

大概在2010年左右,我写过一篇文章叫《逃离北上广,低碳又环保》,那时候整个社会弥漫着一股刚成年没多久的80后受不了压力而想要离开大都市的风潮。可怜的80后,最大年龄刚到三十,就被媒体绑架着要"三十而立",立不起来的北漂们,都恨不得要"逃离北上广"。当时媒体是用哀叹但基本正面的报道来写这"逃离"的,我当时也非常乐观,觉得到了二三线城市,甚至四五线小县城,照样可以过自己的文艺日子,还节约了成本呢,说不定一不小心,还引发了新事物风潮,开拓了生活空间,差点儿就要把自己比成成吉思汗了。

我当时很想去天津安居乐业。天津也算直辖市,可跟北京比起来,真算是二线城市了。天津离北京也就200公里,可到了那里完全是到了另一个地方,气氛更松散,步调更慢,甚至空气都更好一些。还有吃的,这也是一个重要原因,天津人热爱生活,讲究实惠,据说不好吃的饭馆开不了几天,能存活下来的都是做饭比较好的。在这么一个二线直辖市里租个房,平时去咖啡馆晒晒太阳,去五大道逛逛街，去批发市场买买外贸货，不是挺好的嘛。

事儿差点就成了。我当时认识一个从美国回来的85后男孩，他和朋友在电视台附近合资开了一家比较地道的美式咖啡馆，里面用的牛奶都是进口的，价格也很实在——在天津这样的地方，必须要实在。里面有免费 WIFI，顾客多为老外和学生，充满了活力哪。在这样的地方写稿，何愁不文思如泉涌？朱天心在《威尼斯之死》里就写了个作家，他每去一家咖啡馆就被那家咖啡馆影响了文风，我相信我在这家咖啡馆，至少能够创作一些比较年轻时髦的受海归留学生喜欢的作品嘛。哦，这天津85后朋友得知我要逃离北上广，换个轻松的地方过轻松生活时，告诉我他哥们儿有个房子正在出租，就在那家咖啡馆后面的楼上。

我真的动心了。抛开北京的一切杂乱，重新开始生活（当然这么想有点儿 too young too naive 了）。天津还有我许多诗友，在北京见朋友一面可费劲了，在天津，分分钟的事儿！后来我为什么没有租呢？主要是当时我刚养了两只流浪猫，一想到要开车带它们去天津，就不免谨慎了一点。这稍一犹豫，我就忘了要"移民"天津的事，尽情地享受着北京的优劣，起码熟悉，尽管我基本用不上北京的公共设施。这是我自己的问题，我和北京有时差，我起得晚，想去图书馆游泳池的时候人家都快要下班了。

我就是这么叶公好龙，那时候天天嚷嚷着要逃离北上广，结果都没逃到天津。不想没过几年，媒体又开始做"逃回北上广"的新闻了，中间有份报纸还做了个"80后暮气沉沉"的专题，貌似关心实则痛贬，要我说媒体从来没真正接纳过80后。可不，与夹缝中的70后和宽松氛围内长大的90后相比，80后真是唯一一代估计也是最后一代刺儿头和叛逆青年！不省心哪！

和前几年关心80后婚事不同，现在媒体开始关心80后离婚率了。套用海子"该得到的尚未得到，该丧失的早已丧失"的句式，那就是"该没结的80后还没结，该离的80后早已离"，离三回的都有了，但那基本上都在大都市，不在小县城。这可能也是逃出了北上广的人们要逃回来的原因之一吧。这例子比较极端，可我们都知道，小县城产的是"闰土"模式。

By the way，幸好我没"移民"天津。去年我去天津探亲访友，再去那家咖啡馆，惊觉它早已换了老板，里面的一切都变了，咖啡也没了，非常凄凉。

无有替代品。这也是从大都市移到小县城所要面临的境况之一。而因为种种原因想逃离却依然固守的人们，不如把自己的内心打造得更坚实些，把自己生活的环境改造得更美观些，在这样一个变化莫测的波澜壮阔的时代，谱出自己的小乐章。

为什么我们不想住在县城

这事儿让我想了很久。一般人觉得,这不是很明显吗?县城能提供的思想空间和娱乐场所都太少太小太有限。那为什么我们也不想住在北上广?因为那里的思想空间虽然宽松一些,但房租高,压力大,空气还差。

每次回老家,我都如沐春风,尤其是前几天。我呼吸着比北京良好一万倍的空气,吃着小海鲜,神清气爽。没几天,我就不行了。有点无聊啊。白天晚上也不知道该去哪儿逛。想找个咖啡馆待待,也只有上岛咖啡。等等,那家是上岛还是长岛啊?我忘了。反正不是那种喝咖啡聊天看书的咖啡馆,而是像许多中小城市一样,属于谈生意或者谈恋爱(?)去的地儿。

以前回来的时候,我都会逛逛书店。小县城里仅有的一两家书店,其实还不错。里面甚至进过我的诗集,当然,只有一两本,也可能就是这个县城我的读者的数量了。

我有个好朋友，已经逃离北上广，现在回到了东北某小城市。她是不得不走的，她妈妈身体不好，她又交不起在北京的房租。和我比起来，她更是一个典型的文艺青年，甚至文艺到了无法自立的程度。多少次我都跟她说："你还是要考虑一下找个工作挣钱……"

我痛恨自己需要跟另一个文艺女青年讲这么不文艺的话。你可以称呼他们为 loser，但不得不承认，他们与大部分中小城市乃至农村的群众不同，与物质相比，他们需要更多的精神生活。而当精神与物质无法平衡时，他们被迫要离开精神更为丰富而物质他们达不到的都市。

她是个没什么野心的人，但也不想做个家庭妇女。回到老家后，她告诉我，在那里她没有朋友，连和家人都无法沟通。"在那里没人看书，只有谈恋爱的才去看电影，商场里的衣服都很丑。"

她已经三十一了，这个年龄说大不大，说小不小。在小地方，就属于大龄，尤其是这些地方还按虚岁来算年龄。她回到老家就开始了一轮轮的相亲。当然这也是迫于无奈，老家的亲人都觉得这个年龄了不结婚你就是不正常。她说她有次和一个男的相亲，对方觉得她每天起来喝杯咖啡是奢侈的……而在那个小城市，要想找一份好的工作更是难上加难。她说在那里，那种小咖啡馆和北京的完全不一样，都是些见小三的人去的，有些门口还明目张胆地贴着招小姐的广告。酒吧就更别提了，他们根本就不了解什么叫鸡尾酒。而和父母相处，也有许多问题。家人谈得最多的就是柴米油盐，偶尔抱怨一下工作。女孩子抽烟喝酒在他们看来都是错误，半夜不睡觉都是件十恶不赦的事。她说长时间在那里待下去会得忧郁症的。在她们家族里，比她小的都已经结婚了，每次参加家庭聚会，她就是那个被围观被七嘴八舌训斥的。而一旦她说自己的观点，得到的就是另一番更为猛烈的训斥。他们把观点强加到你身上，而你却反驳不得。他们是你的亲人，你爱他们，却无法与他们相互理解。

这种生活和北上广的生活完全不同，生活在不同的地方，脑子里想的事就完全不一样。好在我回老家仅仅是度假，如果要让我长时间待在这里，即使我买了自己的房，有自己的车，我也不知道上哪儿找人聊天。尽管处于网络时代，地理环境依然决定着思维模式。

我在考虑，要不要在老家这个小县城开家咖啡馆？身边的家人都不太看好。的确，这里完全没有喝咖啡的习惯。亦没有为了交流和消磨时光而去咖啡馆的习惯。是啊，我也理解，每天工作，一周五天，一天八小时（至少），哪里有多余的时间？也就是没结婚的还可能有时间。为什么在都市大家的时间仿佛更多呢？忙归忙，休闲的时间总是能挤出来的。也许在都市里，青春期被无限拉长，结婚与否也不再是条分水岭。结了婚的人依然会去咖啡馆，依然为自己保留一些享受的机会。

除了时间，也许就是经济原因了。经济发展起来，文艺才有土壤。我在台湾的朋友保尔，在桃园县开了家咖啡厅（台湾都叫咖啡厅），有咖啡有酒有书有唱片有电影。然而台湾有喝咖啡的基础，更是文艺重地呢。

目前的状态下，我是没办法生活在小县城了。而我那个回到小城市的朋友，又该如何面对她的生活呢？

一个理想主义者

关于理想主义者这样的话题，我自己平时都不好意思提，但常常会想起来。每当被问到一些难以回答的问题或者看到一些无法解释的现象，你只要说"他是个理想主义者""他是个艺术家"或者说"他是个诗人"就行了。这样一切都能解释通了，一切都成立了。

艺术家、诗人，这都得归入理想主义者里。小说家就不一定了。尽管写小说也是很理想主义的一种理想。可能是艺术家和诗人暂时无法与金钱挂钩，因此理想主义得比较纯粹。

近期我感觉80后文学又开始慢慢回潮。然而迄今为止，80后还未产生一位在整体上能与前辈著名作家相抗衡的作家。我们不谈那些在社会上产生影响或者登上作家收入排行榜的80后作家，那和文本没有太大关系。前几天我和一帮写诗的小伙伴在群里聊天，大家还感慨，目前80后诗人也没有一个在知名度和作品上可以与50后、60后、70后诗人相抗衡的，我们最终也没得出结论，这到底是为什么呢？

这可能有着复杂却不得不面对的背景原因。我看过韩松写的《80后为什么比我们那时还艰难》，还看过网上流传的一篇疑似王朔写的关于"80后是苦逼的二代"的文章（如之前许多网上流传的署名为王朔的文章一样，目前此文章未被证明出于王朔之笔）。生存变得艰难，上升空间越来越小，前几代人看不起我们……多重因素挤压下的80后的创作变得越来越奢侈。这就是我们共同面临的处境。难道我们真成了经济浪潮下被牺牲的一代？

用一句"80后男的忙着买房，女的忙着相亲"来形容目前80后的整体面貌，实在是招骂。然而高房价几乎毁灭了80后这一代人的自信，但理想主义者们必须要直面这些困难，想让自己变得牛逼是自己的事。写出牛逼的作品是唯一的办法。创作是唯一的选择，群众或上帝也不体谅你的过程啊，在这种状态下搞创作，必须要像得过诺贝尔文学奖的内莉·萨克斯的诗一样"在剧痛的赤道上种植百合"。

去年，我因为合同及其他原因，没有参与一套关于80后的选集。今年这套书出版后，出于好奇我买了其中几本。在被媒体称为"80后五虎将"之一的蒋峰的书《死在六点前》里，我看到几个我同样认识的80后作家的名字。那些文章里的年少迷茫和轻狂的气息让我一下子也想到了从前，我还经常怀念那种感觉。那时候我们不知道天高地厚，妄想着能改变世界。或者说要改变文学界。然而这一切破灭得太快了。可是有梦总是好的，江湖儿女江湖老，文学说到底，也是梦一场。

我曾见过那么多才华横溢的年轻作者。我曾在《80后诗选3》里选了"pass北岛"的几篇文章，比如《拔黄豆最合适的一天》《纪念碑》，作者的语言太好了，每次看我都感慨这是个天才小说家。然而我之后再也没有见过他的名字，这让我产生了一种悲凉感。

最后我给大家讲一个故事。我有个朋友，大连人，1989年出生，长得很帅，热爱文学。我认识他好几年了，从来没去过他家。第一次去他住的地方，我当场惊呆了。他住在胡同里一间不足10平米的简陋小平房里，上厕所需要到胡同的公共卫生间，没法洗澡。房间里塞满了房东的家具，除此以外全都是书。他的衣柜里和冰箱里都放满了书。他白天出门工作，晚上回来看书写小说。他没说这是他的理想。但我知道，他是个理想主义者。

过 去 我 曾 经 苍 老

最近我陆续看到几本曾认识过的朋友出的书，一本是短篇加随笔集，一本是由许多随笔组成的书。还有一本，写的全是真事，像是博客，但比博客要严肃，比纯文学又要浅显，你称呼为小说也好、随笔也罢，总之内在是有联系的，读起来也顺风顺水，有几个段落我看了还差点红了眼眶。我看到了我们共同体验过的青春，那种曾经试图不顾一切地抗拒平凡生活的青春理想。我知道"曾认识过的"这几个字很啰唆，然而我不知道该怎么形容我与他们之间的关系。我们都曾在青春文学最火的那几年的浪潮里扑腾过；我们相识的时候大家都还算年轻，完全可以称为"年轻人"；我们这几年都没有什么频繁的交往，然而我们可能还像老情人一样始终关注着对方的名字、对方的动态，对方的某些言行举止都有可能会引起我们内心的涟漪，尽管我们可能并没有向对方表达出来。

对了，我们都曾是"80后作家"。这简直像我们都曾经加入过什么传销组织一样，我们一眼就能把对方认出来。

这曾是个多么火的名称啊，那应该是2002年~2005年吧，80后正青春，处于毕业后、结婚前的黄金年龄，尚未有生存及养老压力，北京的房价也未曾飙升，打车还很便宜，只有"北漂"一词，还没有"逃离北上广"一说，微博微信还未诞生，纸媒还没有被电子阅读冲击得上吐下泻……那真是80后写作、出版的高峰期，目前市面上有名有号的80后作家，基本都是那时候出来的。不好意思，也包括我。时势造英雄，有人说，世无英雄，竖子成名。然而，我认为，那时候的竖子质量，也肯定比现在要高。那时候青春文学的竞争激烈啊，轰轰烈烈投身于青春写作的写手们大有人在，不像现在，青春文学（包括纯文学）简直就是夕阳产业。如果没有一份工作，想都别想在国内一线城市用几年时间踏实写作而不问收益，除非你是90后、00后，江山代有才人出。我们不年轻了，总有人还年轻着。就如古龙所说的，江湖，江湖总是有新人出现的。

青春一眨眼就过，再残酷的青春也得进入残酷成年。浩浩荡荡的80后写作者，大部分走的走、散的散，大家都去成立公司，去上班，或出国，或搞别的副业。大部分都过得很好，买了车买了房，结了婚养了猫。然而午夜梦回或在觥筹交错推杯换盏间，有句话又不经意间传入了耳膜："你原来不是个作家吗？怎么现在不写了？……"

"我知道那些放弃过理想的人的表情，只有说到从前，他们的眼睛才会光亮，他们的表情，才会生动。"（恭小兵《青春向前，沧桑往后》)"分身无视金钱,只愿文艺地活着。不必笑我,年轻总有各种尝试,所有的醒悟都在多年以后。"(易术《没有梦想,何必远方》)于是,在三十岁的分水岭,那些还惦记着文学理想的80后,又出书了。这其实未尝不是一种幸福。能解决了生存问题,还接着干"挤的是奶吃的是草"的文学事业,这简直是雷锋。

我和他们一样。只是我没有开公司,也没有固定地上过几年班。也曾短暂地在杂志社干过一阵儿,平时也给几家固定的报纸和不固定的杂志写写专栏,一年半载出本书,有诗有随笔,上一本长篇小说《光年之美国梦》还是三年前出的——收入当然不稳定了。我记得好几次,我卡里只剩下几百块钱,而出书的版税要在三个月之后或者更久的时候才会到账。好在我家在北京,也往往在此时有朋友帮我,于是我稀里糊涂接到个平面广告的代言,或者是突然来了一笔不知道什么时候写过的稿的稿费。总之,莫名其妙坚持到今天。有时候我觉得早点清醒也好,早点投身到挣钱中,省得总觉得能把写诗写小说的爱好变成工作。我也知道有些钱不能挣,比如转发一个我不喜欢的广告或者代言某个我根本就不了解的产品,这随手就能挣到半本书的钱,可我不愿意。如果我那么做,我也就不是我了,之前那些年坚持写作,又有何意义?

我与我曾认识过的那些曾经的少年写手们四散在全球各地,各自过着自己的生活。有时候我们会在书店或网上看到对方作品的名字,然后在心里默默替对方祝福或者打趣他怎么还写得这么差（哈哈）。十七岁时我们在作品里写道自己已经苍老，三十岁我们依然还年轻，还有许多可能。

你 的 青 春 是 你 的

当我看到微博里有位读者对我说,因为我结婚所以他感到了深深的背叛,因为他的青春也在里面的时候,我的第一反应就是:我的青春是我的!

我的青春是我的,你的青春是你的。小说与真实的生活总会有差距,哪怕写的是"自传体小说"也不例外。当小说完成的那一刻,小说里的时间就凝固了,而我们还在成长和生活,时间仍然在继续。我从来都希望我的读者是有独立人格的人,是有判断的人,是可以把握自己人生的人。这要求难道太高了吗?一个读着我小说和诗歌成长的读者,肯定会明白我是个让爱做主的人。我从来都没有说过要一辈子单身,因为我不是那样。实际上,我敏感又多情,每次爱上一个人都恨不得跟人家结婚。我小说里的女主人公们也都是理想主义者,同时也是爱情上的浪漫主义者。

有些人总把自己的希望寄托在偶像身上,这事太不靠谱。"长大后知道自己喜欢崇拜的偶像,竟然也有世俗的让人讨厌的一面,心生的恐惧和无力，以及对曾经的自己的厌烦，想来觉得可笑，却也真实。"这是另一个读者回的留言，我不知道他指的偶像是谁，但我也能理解那种感受。对此，我只能耸耸肩，我是一个反偶像的人，从来都自己毁自己，就是不希望被任何人光环化、完美化。要是这样都不能摆脱被人幻想，那就不是我的问题了。

是的，我结婚了。我自己也实在想象不到，我居然会在30岁之前结婚呢。我总以为，不会遇到一个我能够与之结婚的人。生活教会了我要活在当下。"过去心不可得，现在心不可得，未来心不可得。"《金刚经》上说："一切有为法，如梦幻泡影，如露亦如电，应作如是观。"

在我21岁的时候，我交男朋友甚至不愿意被别人知道，我也不知道我怕什么，只是恐惧会有人对我的私生活造成影响。当时的男友很伤心，我后来也觉得那样太不公平。爱情需要走在阳光下，而不是藏在阴暗角落。

很多人都担心婚后会失去自我，还有接下来的种种责任，都让人望婚生畏。然而当我决定当一个成熟女人的时候，我决定接受这种种责任，并且不改变自己之前的生活方式。我就是我，不管我的社会身份是什么，不管是为人妻还是为人母，我都是写诗和写小说的我，在面对我自己的本职工作时，我是自豪的：那是我一个人就能完成的工作。

概不优雅

自从安装了微信,我就不怎么用微博了。科技的更新换代就是来得这么快,微博就像前几年的开心网,从火热到式微,也没几年的时间。微信更适合小圈子里的朋友交流,无所顾忌,不用担心被道德绑架。微博在某个时间段,都被我拿来当小黑板用,就是留言板和宣传册,写写最近干了什么,转转喜欢的诗和音乐,有时候也会转些社会新闻和名人名言,但后两者需要仔细甄选,以免不小心落了俗套着了道。前一阵儿有个带V名人指责某著名诗人自私,只顾在自己微博贴自己那些诗观,不转发社会新闻,没有社会责任感。类似这样的指责我看到过很多,其实我很佩服那些沉默的人,沉默也是种态度,并不比那些时刻在转发的人要冷血。作为写作者,该以什么姿态面对微博?我觉得这是个人的选择。我以前相信"在别人的痛苦面前,我怎么能回过头去",现在我觉得还是先面对自己的痛苦吧,管不了别人,先顾好自己,不给政府和人民添麻烦,把自己的生命活到极限,发挥所有生命的潜力,对自己有个交代。这么着,兴许也可以顺便立个榜样,也许对别人也有所启发。

既然谁都留不住

参加诗会

见到一些朋友

一些熟人

还有些

不太熟悉的

一直被我当作

小伙伴

有些顾上打招呼

有些握了手

和一个人拥了抱

能好好说话的

就是这些

中途出去抽了几支烟

在这个我一直把他当作小伙伴

的人说出

"你还没有长大

而一生很短暂"

之前

一切都很

正常

——《心是孤独的猎手》 2013.11.24

不 想 长 大

北京这几天一直在下雨，一连下了三天，真让人心情烦躁。向来不喜欢潮湿的我，也不得不忍受这北京的春雨。连绵阴雨让人什么事都提不起精神来。北京的春天本来就短，可能这几场雨下来，就直接入夏了。

然而，总有些事情是无论刮风下雨都要去的，比如：看摇滚演出。尤其是看一个名为 Marky Ramone 的人的乐队演出。自从 2005 年吉他手也去世了之后，Marky Ramone 就成了传奇朋克乐队雷蒙斯里硕果仅存的一位，他在跟不同的乐手合作玩乐队，这次来北京演出的合作主唱是著名朋克乐队 Misfits 的前主唱 Michale Graves。

暖场乐队是来自石家庄的朋克乐队 Rustic，曾去英国和美国巡演过，不过他们年龄要小得多，台风青春可爱，李岩唱 China Belongs To Me 的时候我还是很感动，眼前一直晃动着六七年前在保定一个小酒吧第一次看他们演出的情景。

Marky Ramone 现场很 high，原来不知道躲在哪里喝酒的人全都站到了台下，我赶紧站在边上，就知道一会儿他们得 pogo。哥几个身体素质真好，连续唱了 N 首，节奏奇快汗如雨下，两次返场不间断演唱。果然是老朋克，多年的舞台经验加上摇滚生活的磨炼才能造就在台上的激情演出。我一直站在外围欣赏，主要是不想舞动，倒是想仔细观察一下他们在台上的现场感觉。他们的舞台表演用四个字就可以说明：天衣无缝。

主唱翻唱了那首 Tom Waits 的 *I Don't Wanna Grow Up*，这首歌也被许多歌手翻唱过，包括好莱坞明星 Scarlett Johansson。是啊，谁想长大呢？谁不想永远保留一颗童心？在现在这个世界里生活，可能冷酷的心更游刃有余，然而摇滚乐就是还原激情和荷尔蒙，更是还原本真。

不想长大，并非不愿履行作为成人的责任，而是不想让岁月改变自己的初衷，不想让时光改写自己的本质。没完没了的青春期，是不是招人烦？今天还看到有人说我写的诗只是扯淡，只是在说没完没了的青春期。我只好说，谢谢。没完没了的青春期证明了我的实力，摇滚乐玩的也是没完没了，诗歌写的也是没完没了，电影拍的也是没完没了。人不能被现实和生活打败，人应该一直活在他的理想里，也许在别人看来就是没完没了，那就让他们羡慕嫉妒恨吧。正如演出结束时音箱里放的那首熟悉的 My Way 中所唱——我原来在摩登天空音乐节上也翻唱过的:"I did it my way。"我做了我的事,用我的方式,"我的朋友,我将会清楚地说出来,我度过了充实的一生,我走我的路,爱过,恨过……"

这是这次摇滚演出的最佳散场歌曲,只有感慨,没有忧伤。这场摇滚演出最好的结束方式并不是靠在墙上听完这首歌,而是随着这首歌的旋律走出这里,走到大街上,回家,接着过自己的生活。

少 年 乌 托 邦

晚上跟朋友在路边吃饭的时候,看到一张久违的面孔,过失乐队的主唱李洋。我们认识许多年,但上次见面应该是好几年前了。看到他,我们打了个招呼聊了几句。我突然特别高兴,像看到一个久违的朋友回来了。他的胳膊上多了许多文身,发型倒是很普通。

晚上就在树音乐给老妖放了一首过失乐队的《通州乌托邦》。那种歌词里流露出的外地来京组乐队的年轻人奋斗过程中所感受到的热血和委屈以及青春岁月躁动感,我感同身受,那种坚持、理想和挣扎,我又何尝不知道呢。"让我们喝一杯,在这夏天的晚上;不再有黑暗,不再有痛苦,让我们歌唱自由。"听着这首歌,就像回到了我们共同经历过的青春期。

还是去唱片公司感觉好,有种特别自由的感觉。上三层准备上厕所时,看到两个男孩从录音棚出来站在楼道里抽烟,我的精神顿时就好了。我就是看到年轻人就高兴,尤其是面目清新的、喜欢音乐的、正在搞创作的,就是比中年人要可爱。而且,厕所还有手纸,洗手池旁边也有洗手液，这个音乐公司的细节太到位了。是不是我要求太低了？以后可得经常来，找找自由的感觉。自从我离开了杂志社，我就更意识到做一个自由职业者的可贵，虽然钱包里确实没什么钱了，但精神上没什么压力了，想说什么就说什么，这也很重要啊。

还有一事，就是收到了黑哨诗歌出版计划出的两本小招诗集《我的希望在路上》，印得极好，甚至可以说是我在中国见过的印得最好的诗集。封面是已故诗人小招的一张照片，正闭着眼睛仰起头，穿一件黑T恤。我与他曾有过几面之缘，在饭桌上，我们也一起喝过酒。我对他并不够了解，只记得他给过我一大摞打印出来的小说，上面还签了他的名字。我不喜欢他的小说。希望我能喜欢他的诗。他聪明，但出身低微，和我们大多数人一样属于草根底层。我与他不熟，不知道他生前最后几年的内心状态。他自大又自卑。用他们帮派另一位年轻的"垃圾派"诗人的话说，他不自杀谁自杀。2011年，他在老家跳河自杀，怀里还揣着一份招工简章。

让人唏嘘。他是个干净纯粹的诗人，他不该死。让我心酸的是，他还很推崇我的诗。在这本诗集的最后一首诗里，他写到了我："春树来了＼酒喝完了该走了＼我拥抱了她一下＼然后，亲了一下＼我比管党生还热爱她。"这让我很难过。小招，生前我并不了解，甚至并不喜欢。他真实的自我隐藏在酒局之后，我忽略了他。但愿他没有死，但愿更多的人看到他的诗。不过，这种怀念已经与他本人无关了。他的悲剧是少年乌托邦的悲剧，是底层年轻人奋斗的过程的夭折。可爱的人大多脆弱而易折，我不想看到劣币驱逐良币。我们的内心何时才能像花岗石一般坚强。

一个胡同串子的生活

我最受不了的就是胡同里的人际关系、语言暴力和缺乏隐私。家家户户离得太近,隔音又不好,家长里短、磕磕碰碰,吵吵闹闹的声音不绝于耳,很难保持独立性。

我讨厌走在胡同里一眼看不到头,而两侧又太窄,视野不够开阔,只能抬头看到一小片天空。实际上,我对胡同的厌恶这几年已经开始有所松动,我不像曾经那么讨厌胡同了,可惜最近,我恍然意识到我对于胡同生活还是不够了解,还是太过于乐观了。

几个月前,我搬到离西海很近的一条胡同的一个小四合院,离西海只有十分钟的距离,可以在湖边跑步、散步,离菜市场也很近,很有生活气息。小四合院里面只有一间小平房和一大套复式小二楼。复式小二楼的房间格局非常完美,阳光明亮,楼上都是木地板和木头的天花板,每间屋子都有一个小天窗,可以躺着看月亮,也可以在下雨的时候听雨,刮风的时候看树木摇动,这简直像梦幻的柏林小屋一样。

哪知，租下这房子后很快我就发现，屋里的布局是很牛逼，但周边环境却太不尽如人意，尤其是有一家讨厌的房东。小四合院里的那间小平房是房东一家住的，包括一个四五十岁的房东阿姨和她已经成年的闺女及两条大狗。刚租的时候她们说平时不会住人，哪知现在却天天住在那里，每天我一打开小四合院的木门，狗就狂吠不止，随之而来的是房东女儿的一声棒喝："闭嘴！"次次如此。每次听了都让人吓一跳。有一次我带朋友来家做客，刚打开四合院的门，狗就开始叫，然后仍然是一声拖得很长的利嗓："闭嘴——！"朋友一听，顿时捂住胸口："这是谁啊，这么凶。"我一说是房东一家，他也觉得住在这里实在是太不舒服了，随时随地都像被监视。有一次我在家听音乐，都收到短信说小点声儿，一看表，才晚上十点半。

我在鼓楼东大街住过几年，那边有许多好玩的咖啡馆和音乐俱乐部，周边邻居也见多识广，比较好相处，根本不会出现半夜在自己家放音乐被投诉的现象，因为邻居们更喜欢办 party，周末常常到了凌晨两三点还在办 party，非常喧嚣，根本就不会有任何孤独感。而在新搬的家里，每到黄昏落日时分，我就开始心跳加速，害怕黑夜的到来。周围的房客太过于安静，相较之下房东的狗又太能叫了。

我的好朋友也曾住过一段时间胡同，她也是喜欢音乐，经常在家放歌，有次邻居带着把菜刀就来砸门，非说她扰民，不让她晚上听歌。后来她搬家了，总结了一句：住在平房确实接地气儿，但有一个流氓邻居也确实是没办法。

看来，胡同的学问深着呢，我的性格实在是没法在胡同里立足了。等这个月住完，我就打算重返鼓楼，我的旧公寓，我的楼房。还是那里适合我。

青春未央，不要慌

整理从小到大的成长照片，发现许多有趣的细节。比如2010年的时候，我随着携程旅游和视讯中国几个人一路从兰州穿过甘肃再到新疆，于敦煌留下了"夜未央，行无疆，骆驼乡，拍照忙"等一堆顺口溜。因为跟踪拍摄的马克欣在录节目的时候想出一句词叫"夜未央，行无疆"，我觉得太欠了这词，顺口溜嘛这不是，于是大家那几天一直念叨着这几句，想起什么就往上加，比如"夜未央，饿得慌，当啷啷"什么的。我婚礼就打算叫马克欣当主持，因为我们一起旅行过，也见识过对方有趣的时刻。比如在玉门关的时候，"春风不度玉门关"的玉门关，马克欣刚介绍了一下玉门关，然后引我出镜，想让我说几句有内涵的话，这时我突然接了一句"这个地方我觉得还挺值得来一趟的"。马克欣的表情有点慌，不知道该怎么往下接了。当时我们笑场了。那回我们留下了许多照片，敦煌的天蓝得没有一丝云彩，空气能见度比城市里好得不是一点半点。

还有小时候几张照片都是咧大嘴笑的。四五岁的时候在老家院里抱着洋娃娃，咧嘴大笑；初中入学军训完，晒得一身黑，和小伙伴们坐在沙发上咧嘴大笑；十八岁的时候在河边和朋友聊王大，拍下一张我咧嘴大笑的照片。就连笑的角度都一样，看来我从小就是个乐天的人。只不过后来忧郁过一阵儿，和好朋友在一起的时候，我还是常咧嘴大笑。看着这些照片我真有点感慨，本来多乐观多淳朴一孩子啊，后来怎么那么敏感忧郁纠结呢，是不是因为我爱上了文学，还是因为爱上了摇滚乐？当然要是总是咧嘴大笑也显得这个人不够丰富，性格不够深刻，总得有点沉思的时刻吧，想人类的出路，想自己的未来，或者是怀旧。表情必须深沉、严肃、迷茫。这样的照片还真有一堆，不过基本都是在内室摆拍的时候，或者是看书被抓拍时。在户外，我更自如，更阳光。有时候我想，最大的幸福就是有人集中一个时间段免费教我骑马、射击、潜水等一系列特工要掌握的课程。至于关在森林小屋弹十个小时钢琴就算了吧，哪怕是世界上最好的钢琴老师提出免费教我弹琴，一天也不能超过一个小时。

形容一个人常用动若脱兔静若处子这句话，我想我更偏向于前者。至于选择了写作这个行业，也许只是出于偶然。或者就是运动能解决许多问题，但精神世界的探索仍然需要静静地一个人思索。能耐下心来学习和思考的难度，不亚于把自己变成一个海军陆战队队员。因为思考往往是痛苦的，却又必不可少。

张 狂 往 事

灯红酒绿一party，本是不想去的，办party的书店工作人员说了，会有些出版商和老朋友到，于是在吃了一碗速冻饺子后，我打车去了三里屯。

这是个写作人的聚会，事实上我很少参加这样的活动。我总觉得这样的活动让人拘束，不如私下聊天来得爽快。其实对谈活动又能谈出什么来呢？哲学思想？别提了，最多是茶话会，看看作者长什么样儿得了。

又见毕飞宇，第一眼我们都没认出对方来。上次见面还是七年前，七年前我就觉得他帅。经他提醒，想起我年少轻狂——那时二十岁的我刚出版第一本小说，去南京见一堆已功成名就的中年男作家，记者问：你看过他们的书吗？我说看过一部分。记者说那别人的你会看吗？我说不会，而且估计这辈子也不会看。我坐在那里一个个点评那些高山仰止的丰碑，比如某某一点都不可能，比如苏童像小熊猫，比如毕飞宇很帅。

毕飞宇跟我讲完这个段子，我一下子想到了七年前，他说那时他光头，我染着一头红发，左手夹烟，右手指点江山。而在我的记忆里，我当时染的是黄头发……这真不是杜撰吗？

年轻气盛的事我做过许多，也经常无意中得罪许多人，这简直成为我成长中的一道道障碍或是一座座墓碑。当时一路都挺顺的，有懂我性格和写作风格的书商帮我打理，我自己只要写作和接受采访，简直就像个刚开始牙牙学语的小孩，不知道世事险恶。

一下子想到许多事，都发生在我的青春期。我拥有与众不同的青春期，也承受过许多压力。"如果我有方向，那就是远方，钢铁是怎样炼成，流浪不靠坚强。"

我书桌前面的墙空了很久，除了书架边挂着一幅科幻电影《银河漫游指南》的海报以外，四面墙都是空的，而在几年前，我的墙上还贴着各种海报，迄今我能记起来的至少有不下十张摇滚海报。直到有天我崩溃，把它们都扯下来，但没舍得撕碎，只是默默地收起了它们。而今我终于又贴上了一张女摇滚诗人 Patti Smith 的海报。她最初的才能集中于诗歌和艺术，出版了三本诗集，风格受法国诗人兰波和垮掉派诗人威廉·博罗夫的影响。从1971年开始，史密斯在吉他手的伴奏下举行诗诵会，这一非正式的组合形式维持了三年，后来又有几位乐手加入，变成了一支摇滚乐队。在这张泛黄的海报上，她手里拿着一张摇滚唱片挡住赤裸的身体，瘦削的身体流露出雌雄莫辨的美丽。而她的眼神则平静而坚定。我们的共同之处是我们都写诗，不同之处是她后来选择了音乐来表达她的诗歌情怀，而我选择了用小说来表达。诗歌加摇滚乐的形式我也开始尝试，在舞台上我朗诵我的诗，我朋友的乐队则为我伴奏，不同的诗配上不同的音乐，当我站在舞台上时，我相信 Patti Smith 正在为我祝福。

瞬 间 片 刻

为了赶上11点零5分去首尔的飞机,早上7点半我们就起床了。小白开车把我送到机场。

这真是我人生中最困顿最奇怪的时刻了,我处在一个过程里,而何时能看到结果,目前还不知道。每当这种情况出现,我都会想到《搏击俱乐部》里爱德华·诺顿扮演的那个倒霉蛋说的那句台词:"我们在我生活最奇怪的时段相遇。"

我和在成都的小桃在 MSN 上聊着天,她也是写小说的,比我小两岁。她说最近有个人追她,可她现在不想谈恋爱:"确切地说,我觉得谈恋爱是在害人家。""哈哈。"我这边看着电脑屏幕笑出来,"我和你感觉差不多,我现在也没有什么想谈恋爱的欲望。"其实,我有点害怕。害怕每次从投入到被抛弃的这个过程。

雨一直下着,从昨夜下到今天。实际上每天都在下雨。可能每天只有短暂的几个小时是雨停的时间。自从我来了以后,还没有在这里见过太阳。电脑在自动播放着音乐,正在放着马勒第四交响曲。雨声和音乐声混杂在一起,像是电影配乐。或许还夹杂着我的心跳声。

窗户开着一半,一阵阵的冷风从外面吹进来,我关上窗户,只留下一点缝隙用来换气。走进洗手间上厕所,毫不惊讶,水纸上还是没有什么血迹。我的月经还没来。我的心跳一下子就加快了,头突然也有点晕。或许这只是心理作用,我安慰着自己。

要不要出门去买试纸?该去哪里买?药店还是超市?闺蜜邢告诉我,日本的711便利店就有卖的,对此我深表怀疑。韩国人比日本人还要传统保守,测孕试纸在超市里卖?不太可能吧。

无论如何,我要出门走走。我换上一条紧身牛仔短裤、一件 T by Alexander Wang 的长袖黑色 T 恤,穿上昨天刚买的那双军绿色高帮 All Star,撑着那把小赵送我的黑伞,小心地出了门。

写作村空无一人,只有雨水还持续不断地浇在地上。尽管不大,但这淋漓不断的雨还是让人感到恼火和凄凉。

后来我写了首诗,就叫《月经》。

微 量 的 幸 福

我从少年时期就认识的诗人好友回到上海,娶妻生子,还在写诗,经常在微博发一些做菜的照片和养孩子的心得,正好让我看到这一段:"带孩子很辛苦,我和我老婆是自己带的,有这个体会。如果你有孩子自己却没怎么带过,那你真该感激帮你带的人。孩子确实能给人带来微量的幸福感,微量而无可替代,美妙而虚幻,尽管因此你将面对更多的忙碌、疲倦、怨气、分歧、争吵……但这点幸福感不会被淹没,它不光来自于孩子,还来自于被锻炼后的你。"

我心有戚戚焉。还没有孩子,但我有三只猫,与它们生活在一起,没有带孩子那么累,但的确是有"微量的幸福感"。那毛茸茸的手感,身上带着阳光的味道,当然还有它们打起小呼噜时的声音,统统构成我的微量幸福感。我常说,不能以养宠物的心态来养它们,一定要以同类的心态来对待,比如要争取猫权,猫在家里要有自己的领地,有自己的活动空间,喂它们的食物和水都要新鲜、安全。我们一起度过美妙的时光,互相陪伴就是最大的幸福。

在英国待了两个礼拜，一回来就闻到客厅一股猫尿味儿，据保守估计，我儿子们至少在地毯上尿了五泡尿。继微量的幸福感之后，它们带给我大量的劳动量……然而我还不能抱怨，比起孩子要上的各种学要进入社会，我的猫儿子们省事儿多了。所谓微量的幸福，实际上也说明我们对幸福真不能要求太多。我以前可能就是因为要求"大量的幸福"又达不到而不满吧。比如我要求每天都要很high，结果就是每天都很累。我要求达到某种成就感，比如出去玩就要去一堆没去过的地方，见识一些没见过的风景，不仅仅满足小小的快乐，而是要大量的、全盘的、时时刻刻的快乐——于是颓了。承受不起啊，无论是时间还是体力。大量的快乐让人晕眩。这次我在英国，就是因为期待值太高，安排的事情太满，活活地把自己累着了。只有两个礼拜啊，除了参加活动的大学城，我还安排了几个不同的城市去游览，尽管英国的国土面积比起中国来说是小得可怜，但正由于如此，公路都狭窄而曲折，不像中国的路大部分是平直的，本来就晕车的我开车走这样的路直接就晕了。本来出来玩就是要放松嘛，在路上的我却更忙了，来不及欣赏，来不及体会，只是走马观花，匆匆而过。

假如，我当时就意识到"微量的幸福感"的重要性，我就不会对这世界和自己如此索求无度。我当静下心来品味生活，在陌生的城市里不疾不徐地前行。按自己的节奏生活，即使是在异乡。

春风沉醉的北京

《美国队长2》听说在网上口碑不错,还真让我挺惊讶的。好像现在大家都觉得这种好莱坞类型片作为爆米花电影,看看就得了,为了图一轻松,细说起来还是觉得浅薄的。而近期大火的艺术片《白日焰火》与此相反,在我的朋友圈里的评价大部分比较低,还有些说没看懂。最近有写作压力,也没有一个文艺青年陪伴,因此我还是选择了去看《美国队长2》——再差我也没压力,就当休闲了。

怪不得前一阵有个新闻说看韩剧的是三低,学历低收入低……还有一低我忘了。其实这很好理解:打了一天工累得半死回到出租屋,看点韩剧做个美梦,不用动脑子,还能对未来保留点儿幻想,多好。这时候要是再看个需要有一定知识含量才能看懂的什么美剧英剧,不是给自己找罪受吗。

在北京短暂而美好的春天,阳光灿烂没雾霾,你就看吧,大家都出动了,去公园的去公园,去郊区的去郊区,顺义和香山的路都堵车了,有条件的都下江南去赏春了,可见大家对自然的热爱对美景的向往。可惜咱们现在又生活在一个自然被严重破坏的时代,想亲近纯正的大自然也不是易事,公园里人比花儿都多。我也不能辜负这难得的春光,带着外地来的朋友,一咬牙去了玉渊潭公园,那里正值一年一度的樱花节,平时我肯定不会去凑这个热闹的。

穿着刚买来的大圆摆短裙,齐膝袜加球鞋,拎着从老家带回来的姥姥那辈人用过的手工藤编篮子,里面放着咖啡壶、纸杯、红酒杯、面包、亲自做的芝麻菜小西红柿沙拉和一瓶红酒,出发!

进公园,穿过熙熙攘攘的人流,我们走了二十分钟,才找了块儿有阳光的草地。铺好毯子,躺在花树下聊天晒太阳,不亦乐乎。美中不足的是旁边还有十好几口子年轻人在拍一个什么戏,他们一会儿跑过来,一会儿又跑过去,我们只好当没看见,固执地充当了他们的背景。

过了一会儿,打算换地儿。不远处有一棵开得正好的桃树,艳粉色的桃花在蓝天阳光的映衬下分外喜人,旁边还有一片竹子。趁没人注意到那里,我们赶紧又把毯子铺过去,躺下之后,简直像进入桃花源,视线里只有蓝天和桃花。可惜太美好的东西谁都喜欢,果然没多久,过来拍照片的游客络绎不绝,还有带着专业摄影道具的摄影小团体,站在我们旁边,脸往桃花上一靠,就开始拍照。

我家的猫也享受着春天，它们白天从阳台出去，在院里的草地上翻滚、爬树、吃草，顺便和别的猫吵架。已经有四个邻居阿姨跟我说我家的猫跟她特亲了，听得我分外自豪，我家猫比我的人缘儿好多了！

神 经 病

我正在按摩,手机响了。一看,是一个陌生的号,北京市的。我一接,听声音是个年轻的略带生涩的男孩。我记得他说他叫西北什么的,三个字的名字,他还说你肯定没有听说过我的名字吧,我说我没听说过。

"我今天见到XX(也是一个诗人)了,我是85年出生的,要出本诗集……"

"我正按摩呢,"我说,"要不改天聊?"

过了一会儿,手机又响了。按摩师帮我把手机拿过来。

"是你吧?"

"……你是谁?"

"你猜。"

我说:"我没兴趣猜。"

"我也没兴趣告诉你。"那边传来这么一句。

我立马急了:"你没兴趣告诉我你给我打什么电话啊?有病!"

很快电话接连不断地打来,我再接,他就一句话:你能帮我个忙吗?

我觉得这哥们可能电视剧看多了,一上来就让人帮忙,这次我就两个字:不能!就把电话给挂了。

也不知道这人是从谁那儿知道我的电话号码的,一直给我打了七八个电话,直到我关机。

好家伙,晚上时他又给我打电话,这回我受不了了,就告诉了他一个编辑的电话,让他直接跟她联系出诗集的事。其实现在出诗集很难,因为没什么市场,一上来就要出诗集,这事也太不可思议了。

第二天下午,此人又打电话来,我实在被他骚扰够了,就问他什么事。这回清楚了,他说他的"高中学业荒废了",必须出诗集,不然上不了大学云云。当然,那个编辑也说现在出诗集很难。他又问我的诗集什么时候出的,销路如何。口气令人特别不舒服。我当时就在想,这家伙也太势利了,出诗集是为了上大学啊?我说,你别再给我打电话了。你猜他说什么?他说,我还会继续给你打的。

当时我就觉得这事儿太夸张了。都说偏执狂才能生存,这哥们典型一个偏执狂啊!

我挂了他的电话后,他还一直连续打了N次,直到我再次忍无可忍关机为止。

一 个 朋 友

缪缪又出事了，我在微信朋友圈看到她写她所住的国际青旅出事了，好像是资金纠纷，门口的玻璃上被油漆泼了"停业"两个字，前台还站着几个彪形大汉，同屋的妹子说明天大家都得搬家，六点就停水。缪缪已经在那里住了三年了突然要搬走，她手足无措，悲愤不已。我是一想到她这几年的生活，同样感到手足无措，非常无力。

一瞬间，我开始感谢我此时温暖的房间，庆幸我拥有我这五分钟之前还想抛弃的生活。

我犹豫了一分钟，在底下留言：照顾好自己的生活，东西该扔扔。

还有一句话我忍住了没写：你真让我们担心。

能在三十岁把自己活到居无定所流浪街头，真的挺不容易的，双鱼座也不能这样啊！她是个坚定的理想主义者，家在东北，她宁愿长年住在8个人一间的青年旅馆也不愿意回到大东北黑土地上的小城去住。那里没有她的同类，每天的生活都重复着同样的节奏，一眼就能望得到头儿。在北京她没有固定的工作，现在当某支新晋乐队的经纪人，收入极其有限。她不想麻烦父母，尤其是母亲前两年得了重病，家里的存款基本已经被治病所消耗了。

她暂时住到了朋友办的酒吧。我打电话给她，约她看电影，她正好无聊，乐呵呵地出来了。

我见过许多张脸，许多未老先衰的、充满痛苦的、欲求不满的脸。然而她的脸虽然苍白了一点，眼眸仍闪亮着青春的光彩。那简直是不应该有的神采啊，在自己下一个晚上都不知道该去哪儿的情况下。

我将之解释为一个理想主义者的脸。诚然，她在现实生活面前无力而天真，甚至幼稚。那又如何呢？在后现代的社会主义第三世界首都追求自己的梦想不妥协，总比我们认识的那些有物质而不幸福的人更快乐。

既 然 谁 都 留 不 住

在写诗上，我真是许多诗人"看着长大的"。17岁的时候在方舟书店买伊沙的书，沈浩波打电话给伊沙说你有了一个小读者，她特喜欢你；第一本小说没出版前，我就开始在"诗江湖"网上写诗贴诗，那真是我战斗过的地方；第一次去天津，那时候我还没有出书，只是写诗，徐江热情接待，请我吃饭，还带我去他家玩，给我留下了深刻的印象；我的处女作发表在"诗参考"上……主编中岛见到我还说，一直关注着我的写作，包括我的变化，因为处女作首发是在他那里，他对我有责任、有感情。之所以又提起这些革命往事，是因为昨晚，也就是2月15号，我们共同经历了史上最长的诗会，从下午5点到凌晨2点，在北京东城区的方家胡同某酒吧，"长安诗歌节"第130场之北京专场。这大概是中国历史上时间最长的诗会了，估计放在全世界都算长的。

"长安诗歌节"一如既往的专业及严肃，诗人们不但对自己喜欢的诗由衷赞美，还会提出自己的意见，有时候甚至是严苛的意见。比如就有诗人批评唐欣的"雪山似的乳房"这样的句子难度太低，写得太顺了，降低了对自己的要求。而听了几位我之前没有听说过的85后诗人的诗后，我甚至开始羡慕他们刚开始写作的那种冲劲和新鲜感，还有那种透明的质地。85后的诗人和85前的诗人在诗风上区别很大，他们没有我们的那种沉重感。当然，他们的语感也真的好，语感这种东西，有就是有，没有就是没有。有的人就偷着乐去吧！

在我读了三首近作后，按规矩，开始评论。大仙、沈浩波、中岛、李伟评论了我的作品，伊沙补充了他的看法，提起我们相识之初，以及我出名太早太快。是啊，优点是我写的每一行字都有人会认真读，缺点就是如果我名不副实甚至我的作品没有大幅度超越我的名声，就会得到批评和诋毁。他讲了两个八卦，其中一个是我听说过的，一个没有。第一个是2004年，一位著名的男诗人给他打电话，足足讲了四十分钟，电话中痛骂我上了美国时代周刊的封面；另一个是近期，有诗人给他投稿，里面骂我是"国际小资"……估计还骂了更难听的话。我在台下听得面红耳赤，被骂不惊讶，我一直都是被骂过来的。惊讶的是这第一个故事我听过，第二个没有，我以为诗人只骂对方作品呢，没想到连别人的生活方式也骂。到底是谁这么痛恨我，厌恶我呢？我真想看看那首诗，如果他写得好，我对文本会心服口服，如果写得不好，哈哈，那真是对我最大的安慰。

对名声，用句很流行的话，我有一种"钝感力"。这有好有坏，好的是受的刺激不会那么深，坏的是战斗力可能会没那么强，更坏的一面可能是会忽略了写得越来越好的80后诗人，对他们失去了警惕。伊沙在发言中也提醒了我，没有什么是白来的，对任何人来说，名声、光环之类的东西都是留不住的，必须要突破自己，别的就任由他人评判吧！

芍药季,还需要一枝粉玫瑰

假设每个人都是有灵魂的

有痛苦

挣扎

假设生活

就像电影

不用等太久

就有回答

假设他们也能在夜晚流泪

那我的所作所为

就是正确的

就不应该

遭到嘲笑

——《出埃及记》 2013.5.5

我的猫儿子们

一

话说夏日炎炎,做什么都不起劲。每天最喜欢做的事,无非就是侍弄家里的三只猫和看闲书。

最近天气开始热起来,开空调又太早,于是每晚入睡前都要折腾几个小时。这几个小时,我不是用来看电影就是用来看书,间或到客厅与我的小猫们玩一会儿。猫也和人一样,有不同的性格。有时候我看着它们甚至认为,这些天性生下来就注定了,很难后天改变。有人说,什么样的主人就有什么样的猫。我有三只,每只性格都不同。黑猫 Caesar 深得我宠爱,性格不卑不亢,活泼又爱亲近人,特别懂事儿,有时候看着它的眼神我就觉得我们两个在无声地交流。白猫 Vanunu 简直是"被害妄想症"附体,家里一来客人就跑得没影儿,平时也一惊一乍的,就好像别人会害它。其实我天天好吃好喝地喂着,万没有虐待的可能。新来的一只小花猫满身花纹,才一个多月大就来到家里,来的时候饿得皮包骨,看它灵活动人,眼睛大大的，取名 Miumiu。可惜它先前在外面流浪过，对生活没有把握，缺乏安全感，不太敢与人亲近，加之年龄太小，生性顽劣，刚来就已经把我的床尿脏了几次，害得我只好锁上卧室。当了猫妈妈，一碗水肯定要端平，尽管我内心有偏爱，也不会在饮食上表现出来，每只猫都有自己的饭盆，随时供应适合它们的猫粮。如果说猫的性格与主人相似，我只愿 Caesar 代表我的性格。另两只可能也带有我的性格缺点，只是我不愿意承认罢了。

Caesar 有时候也很顽皮，好几次被我抓到在床上尿尿，小淘气原来还在我的 LV 和瑞莫瓦的旅行箱里尿过尿，害得我用专门的去菌剂喷了半天才除掉味道。但至少，它让我意识到，这些物质的东西并不重要，在猫的眼睛里，没有金钱的概念，这些包无非是"物体"罢了。我和朋友开玩笑说，回头在我的 LV 手提包里倒进猫沙，专门给 Caesar 当猫沙盆用。

它们常趴在阳台的台阶上休息，每次看到这三只猫，我总被 Caesar 的美貌打动，一身黑毛，四蹄儿踏雪，小鼻子旁边还有颗小黑痣，浑身上下只有三种颜色：黑、白、粉，看着就让人心生怜爱。再看另两只，唉，一声叹息。

猫是可爱的精灵，但确实，不是每只猫都可爱。

二

在我家的小白猫 Vanunu 发情两个多月后，我终于咬牙带它去了诊所。关于猫到底要不要做绝育，网上许多人都在讨论，没有什么定论。做绝育是为了避免猫无休止地生育，同时也避免它们的生殖系统生病。而不绝育，在很大程度上是不忍心剥夺小动物的生育权利。我家有两只猫，公猫 Caesar 也在 8 个月大的时候做了绝育，当时我也是非常不忍，但也没有办法，发情的猫很容易离家出走，而外面的这个世界根本不适合小动物生存和成长，万一哪天它被做成猫肉串该怎么办？

Vanunu 随之发情。母猫只能在两次发情期之间去做手术，这样它不得不受了点苦，它开始夜晚嘶鸣、低声呜咽和逐步消瘦。当它快瘦成一只非洲猫，我终于下定决心，为了解除它的烦恼，我带它去了动物诊所。

它们都带给我许多快乐。它们基本上是前后脚进入我的家，都是流浪猫，来的时候都不足两个月，都还是活泼可爱的小奶猫。很快它们表现出不同的性格特征。Caesar 爱闹，爱亲近人，是只自私的小野兽。Vanunu 像几乎所有的波斯猫一样慵懒、害羞，像个高贵的淑女。Caesar 一身黑，四蹄踏雪，网称"黑猫警长"。Vanunu 一身白毛，两只眼睛一只深蓝一只浅蓝，说不出的妩媚。如果它们能生孩子，孩子应该也特别漂亮可爱吧。可惜它们对待对方仅仅是亲人，爱情什么的完全无感。我不想它们再次沦为流浪猫，外面的环境对于动物来说尤其恶劣，光想一想就让我这猫妈不寒而栗了。谁也不希望自己的宠物受到伤害，于是在小猫的自由和安全间，我选择了安全。这让我痛苦不堪，正如英国女作家多丽丝·莱辛的《特别的猫》里车夫的质问："那些兽医怎么不想办法替猫发明一种节育方法呢？光只为咱们自己方便，就任意剥夺它们真正的天性，这根本就说不过去嘛。"

人类为动物做得太少了，凡事都围绕着"人"这个中心，对于动物们，如果不吃掉它们，基本上也算是没有任何作为。

自从收养它们的那一天，我就知道最终有天要选择是否为它们绝育。当它们小的时候，只知道玩耍嬉戏，我就知道有天要面临选择。那时候只希望它们玩得再开心点，再懵懂些，不要太早就面临长大后的无奈。我为它们选择了最优秀的动物诊所，希望它们少受些苦。人与动物间的缘分是珍贵的，它们选择了我家作为它们的家，选择了我作为它们的亲人，我就一定要照顾好它们。人与动物都只是地球上的客人，没有孰轻孰重之分，仅仅是因为人类掌握了地球，别的动物们不得不退居二线，丝毫不被保护，这根本说不过去，但愿有一天，人与动物们能够共享这一切。

三

邻居送了我一只刚从街上捡回来的虎纹小猫，脸又大又圆，身体瘦小，看起来简直不成比例。它看起来才两个星期大，在流浪的那段时间，它肯定吃了不少苦。我们为它取名 Miumiu。不知道为什么，就觉得它很适合这个名字。

Miumiu 太没有安全感了，它与另外两只猫始终无法亲近起来，吃饭的时候它明明有自己的饭盆，却宁可去抢别的猫的猫粮，平时就缩在一边，根本不愿意出来。它不像 Caesar 一样热情，也不像 Vanunu 一样害羞，它只是对人有警惕心，根本不愿与人亲近。如果我要去抱它，它肯定百般不让，并且伸出有长指甲的猫爪，我的胳膊就被它划过好几次。

说来也巧，我的朋友却偏偏喜欢上了它。按她的话说，Miumiu 带着劣根性，野性难驯，很像她的闺女。她特别想要 Miumiu，可惜她与人同住，对方根本不喜欢任何小动物，再加上她的收入也不稳定，不可能再养猫。

这件事自从她离开原来的住处，住进了我家附近的一家国际青年旅社，事情就有了转机。青年旅社的二楼是个大咖啡吧，有一个阳台，咖啡吧的服务员们都很喜欢猫，只苦于自己没有，常常管人借猫来增加热闹的气氛。她决定收养 Miumiu，就寄养在青年旅馆里，大家都喜欢动物，Miumiu 一个人为老大，不会再跟别的猫打架。

把 Miumiu 抱到青年旅社的那一天，在场的服务员都很高兴。找猫粮的找猫粮，找猫沙盆的找猫沙盆，朋友也笑得合不拢嘴。我松了口气，她心愿以偿，青年旅社喜迎新客人，这不失为一个圆满的结局。哪知只过了几天，朋友打电话过来，说 Miumiu 失踪了，她找了整整一天，把几层楼都找遍了还没有，她急得哭红了眼……

几天后，我问她找到 Miumiu 了吗，她兴奋地说找着了，原来 Miumiu 没有跑，只是一直躲在一张沙发下面。我明白了，这是它刚到一个新地方害怕，需要自己躲起来确定一下环境，等安全了，自然就会出来的。

然而那里终究没有留住 Miumiu。或许是它太早就被抛弃导致毫无安全感，哪怕是朋友对它无限的宠爱也温暖不了它的心灵；或许是它害怕再次被人抛弃；或者是它讨厌那里人来人往的环境。没多久，朋友就说再也找不着 Miumiu 了。它走了，不知道去了哪里，猫沙盆与猫粮都一如既往地放在原处，可她说再也没有见到过 Miumiu。

四

自从家里有了猫,我在路上也会情不自禁地看猫。以前我从来不喜欢猫,更不觉得它们有什么可爱。现在我完全被改变了。也许就像体会过真爱,从此看所有人都不再一样。有了 Caesar 和 Vanunu,我体会到了当母亲的感觉,它们激发出了我的母性,让我开始关注这些小精灵们的世界。有时候我会躺在地上,躺在 Caesar 旁边,突然我发现原来空间这么宽广;有时候我会试着用它们的视角来观察环境,这简直是个返老还童的过程。我再也不想到处乱晃了,如果有时间,我宁可宅在家,陪我的猫。或者说,让我的猫陪我。

猫　事

楼上有一个慈眉善目的阿姨，每天喂着院里的流浪猫，风雨无阻，我们见面总是聊猫。有几次她给我打电话，一听全都是流浪猫的事，比如在隔壁楼的平台上发现一只小猫，它自己下不来了，让我帮着把它抱下来。

那天我接完电话，赶紧穿好大衣出门。我们来到楼前，进了二楼才发现小猫在的天台需要从二楼的窗户爬进去。于是又去找梯子。正好一楼楼道里有个梯子，但是有点年久失修，一看就是很久没人用过。我一个人是肯定不行的，阿姨年纪也大了，扶不住。于是我们只好撤回到楼前，想别的办法。正好是下班的点儿，有两个年轻的男孩路过，我连忙喊住他们。他们很热心，一听是救小猫，立刻就停下来跟我跑进二楼窗户口。正值寒冬，其中一个男孩把手套摘下来，我和另一个男孩扶着，他爬进窗户，我们焦急地在下面等着。过了一会儿，他的声音传过来了："猫被我吓跑了。""啊？"正在我们担心时，楼下的阿姨上来了，高兴地说猫从另一侧的楼梯跑下来了。任务顺利完成。我和阿姨谢过两个热心的男孩，放心地各回各家了。

类似的情况还有过几回，我们就像蜘蛛侠一样，救苦救难，唯一不同的是我们救的全是那些无助的流浪猫。

在这个院里住的时间久了，流浪猫也基本上认全了。楼前有一只"奶牛猫"，身上是黑白的花纹，阿姨很偏爱它，说它是只胆小的猫，老被别的猫欺负。"平时我倒猫粮，它都远远躲到背后，等别的猫吃完了它才过来吃。谁都敢欺负它，可胆儿小了。"虽说这样，但阿姨说起它的时候还是带着疼爱的神情，也许正是因为它胆小怕生吧。我常常见到它，它每每看到我走过来就赶紧躲开。偶尔远远看见它，我也会亲昵地喊它一声："奶牛猫！"

前几天，阿姨又给我打电话了，说奶牛猫躲到地下室好几天了，平时只有吃饭的时候才出来，吃完又立马躲回地下室了。"它可能快不行了，年纪也大了。"听阿姨这么一说，我立马表态："阿姨，我陪您下去找！"阿姨有点不好意思，说她也喂了它五六年，它也享到福了。我陪着阿姨来到地下室，里面尘土飞扬，啥也没有，连脚印也没有。不知道奶牛猫躲在哪里，也不知道它是死是活。现在每天回家的时候，我还会习惯性地找找奶牛猫，以前它总是躲在车底下或者蹲在墙角，现在找不到它，我的心里空落落的。

也许每个大院里都有这么一位好心的阿姨，如果没有她们，我简直不敢想象流浪猫如何在大都市里生存下去。

我从网上多买了几袋猫粮，送了阿姨一袋。因为没有找到奶牛猫，我心里也有点愧疚。

Ps：几天后，有天我出门，突然在楼前看到蹲在某个单元门口的奶牛猫。我一下子高兴起来，奶牛猫还活着！"奶牛猫！"我叫它。"喵~"它回答了我一声。

像少年般简单生活

长久以来,我的生活环境都乱糟糟的,我指的尤其是室内。书和衣服到处乱堆,到处都落满了灰尘。原来住在父母家的时候还好,每天都有我妈帮我收拾。而我自从独立生活搬出去住开始,发现生活逐渐成了一个大问题,每间屋子都开始乱起来,衣服和鞋越攒越多,厨房非得等小时工阿姨每礼拜帮着收拾不可。生活变成了一种负担。怎么才能让生活变得简单点?然而我没有动力去解决。

直到有天我意识到许多东西并非必不可少。东西越多,我需要付出的时间和精力就越多,它们像海水一样将人淹没,唯一的办法就是减少对物质的需求。扔东西是有负罪感的,当初买它的价格、中间付出的情感、对物质匮乏的担忧……有时候扔件东西简直就像回顾整个人生,样样都舍不得,样样都是感情经历。这时候,就需要一种哲学般的观念来帮助了。就在这时,我看到一本名为《简单生活的艺术》的书,这是本强调简单生活的书,里面摘抄了一些我很喜欢的名人名言,比如:"我太懒惰,一生都做不到循规蹈矩。我按照自己的本性生活,一直很快乐。我的褡裢里有三斗米,炉灶边有一捆柴。人何必在乎自己是梦是醒呢？至于追名逐利之事，我甚至从来不提。夜里雨点儿掉落在我的稻草屋上，我伸展了双腿，全身放松。"这真是我渴望的境界。曾几何时，我还以为我是个物质女孩呢。实际上这种自由多么高级，那是不借助于外在的自由。没有包装和假面，就没有所谓伪装自己所带来的痛苦。而那些伪装，很多都反映在了物质上。

看完之后，就开始进行大扫除。首先扔掉了几把既占地方又不实用的椅子，还有看着心就一沉却一直没有理由扔的碗、杯子、一堆肯定永远也用不上的零碎儿。在扔的时候我想，要是国内有那种像国外一样的慈善商店就好了，那我肯定经常去捐东西。当然还有不喜欢了或从来就没适合过的衣服和鞋，都打包准备送回老家。无用的杂物太多了，留下的都应该是有用的、喜欢的、精致的。不然好东西混在差东西里面，也发现不了。我越来越喜欢"空"了。什么都没有才算好呢。

东西越少，人的思维便越清醒。东西越少，人就越自由。什么都要占有不但花钱，还是种负担，让人会忘记真正的自己，忘记理想，更别提品位了。

我有些朋友住在大宅却过着精神低保的生活。这是被外在的虚荣所绑架了。被别人羡慕，但自己却根本不想过这样的生活，这样做实在是太不聪明了。人的一生可以说是短暂，也可以说是漫长。短暂是时间概念，漫长是相对于快乐的瞬间而言。不能被外在所束缚了，那些伤心或者骄傲的过去、需要费力保养的东西、周边的嘈杂、无用的名声、与自己内心不相符的东西……全都扔掉吧，扔不掉就换地方。能够抛弃这些，才能慢慢找到自己。

我渴望重新回到曾经有过的状态：打开衣橱，里面只有几件衬衫、一条牛仔裤。那时候我没觉得衣服少，因为我当时对衣服的质量和款式都不妥协。即使是便宜货，穿的也是适合自己的衣服。书架里的书，每本我都读过，不会轻易买书，除非确定它值得保留下来，想读流行小说，就去图书馆。

当一个享乐主义者

好像每隔几个月我都有这么一次密集工作,过程往往不堪回首,喜忧参半,充满自我怀疑与自我安慰,最终达到自虐的崩溃程度。工作结束后,我会发疯般怀念阳光与沙滩,怀念曾在海边度过的悠闲时光。每当想到度假,总是希望光脚走在海边,手里拿一杯冷饮或者热咖啡,抽着烟看身边走过的游客。就这样度过一天的时光。

怀念躺在床上,望着天空上的玻璃看被风吹动的树梢。在爱荷华大学看风吹过,一阵金黄的落叶飘舞。怀念在二手店里和朋友们叽叽喳喳地谈论每一件衣服和鞋,还有怀念在纽约的时代广场和漂亮的男孩一起看电影。怀念从洛杉矶开车去旧金山一路绮丽壮观的风光。

把自己搞成工作狂是悲哀的。更悲哀的是发现自己同样需要欢乐和热闹,想起好久没有体会那种不顾一切的感觉。想自由降落。想爱谁谁。不妥协。不顾忌。

我的内心存在着两种完全不同的价值观。一种是清教徒似的，常常自问：难道我就配过更好的生活么？常常怀疑，常常对自己不满。一种是一个享乐主义者，喜欢香水，喜欢涂指甲油，喜欢享受生活的美好细节，喜欢无所事事。

在密集的工作结束后，我常感到一阵悲凉。这时候，我往往不想再为任何人任何事负责。我甚至不想为自己负责。然而，我们生存的世界太过于复杂和残酷，除了为自己负责无路可走。根本找不到一个可以宠溺自己的人，所以我常自己宠溺自己。我会去买自己喜欢但不是很需要的东西，比如一瓶可能我从来都不喷的香水，或者是一本昂贵的摄影画册。或者是干脆在自己住的城市去住青年旅馆，和好友聊天到天亮。

做一个享乐主义者，很难。但命令自己排除一切享受不断地奋斗和进取真的有意义吗？也许这会沦为一个忽略过程的目的主义者。当目标完成，人也随之感到空虚，甚至记不起一丝有关过程中快乐的记忆，留下的只是完成目标的苦涩。

我渴望偶尔小小的放纵，人生得意须尽欢，尤其在花的都是自己的钱的情况下。尤其是在我们还没有老去的夜晚。

柏 林 少 女

我压力特大的时候特爱喷香水,比如面临写作危机的时候,比如需要看一整本书的时候。最近我刚爱上一款名为"柏林少女"的香水,由玫瑰加胡椒兑成,据说灵感来自于瓦格纳恢宏的歌剧《尼伯龙根的指环》。当然这都是让人想买的因素,也会吸引到原本瓦格纳的歌迷们,至于灵感是否真的出于它,谁也不知道。它呈浓重的红颜色,与它的名字相呼应。柏林的颜色一定不会是轻淡的,必须沉重,必须压抑,必须酷起来。

少女的红发,透明的玻璃瓶质地,这就是青春的叛逆感的绝妙体现。

这种沙龙香水不会出现在中国的柜台上,头一次见实物是在布鲁塞尔一家香氛精品店,传说中的香水们排成一排,缄默地等待着顾客来试香。不但有香水,还有室内香氛和香味蜡烛。售价不菲,然而有机会能坐在白色的软皮沙发上亲自试闻,亲手抚摸,亲眼所见,所得到的整个浪漫的体验和情调的提升又何尝不比网购要值出许多。闻得头晕时，嗅嗅桌上的咖啡豆，休息一下，再接着寻香。

必须要亲自尝试，才能够挑选一款适合自己的香水。就是这么微妙，哪怕差了一点点，也不够适合自己呢。就像鞋子一样，必须要亲自试穿……

冬天的时候我喜欢喷男款香水，海洋味道的，走在北京的寒冬中，迎着寒风呼啸，这才与环境自成一体了。男款香水还有一个优点是便宜。

冬天也适合温暖一些的味道，然而我还没有找到。

有些香水被我命名为"工作香水"，喷上它我就明白，我得写作了，我得出门谈事了。有些香水是"度假香水"，它们让我放松心情，不想那么多，管它北京是不是雾霾呢。

香水这种东西，有些会一用再用，有些用过一瓶后，就不会再回购了。它让人想到过去度过的时光，不是所有的时光都值得留恋，所以要接着找那一款，适合日前心境的味道。

压力大的时候，我还喜欢点香味蜡烛。目前最喜欢这两种味道。来自于一个法国牌子 Diptyque。从实用角度讲，比香水还不值得。香水可以用几个月至一年,蜡烛也就几天。所以这才是奢侈品,看不见摸不着,几乎无法与人共享,然而能闻到,让人心情愉悦。

在巴黎的一个学艺术的朋友家,闻到一股清新的味道,答是玫瑰和天竺葵味道,网站上很少销售。也是同一个牌子。蜡烛不信品牌真不行,曾经买过美国牌子英国牌子的蜡烛,稍便宜一些,真的是不怕不识货,就怕货比货。这种情况还不如买宜家的蜡烛,白色的罗马圆柱形,几根放在一起,也挺好看的。

蜡烛和情人节的玫瑰花一样,不实惠但让人心情愉快。芥川龙之介说人生不如波德莱尔的一行诗。我也觉得人生不如情人节的一枝玫瑰,人生不如点燃一支法国蜡烛所散发出的芳香。

芍药季，还需要一枝粉玫瑰

在蓝颜色和红颜色之间，我选了明亮的红色指甲油。涂着指甲油，听着古典音乐，闻着芍药的香味，我喜欢这样明亮的初夏的夜晚。

想着要送一瓶朋友送给我的 Hermes 的香水给另一个朋友。这瓶香水颜色就是蓝绿色，闻上去很清新，适合我那个当文学翻译的朋友。

古典音乐，很适合夏天。我最爱夏天，多热都不怕。我爱户外运动，爱水，更爱大海。爱夏天瓢泼大雨。爱痛快的天气。

上海小朋友发信息过来说刚上完指挥课，外面下着大雨。果然我从信息里听到大雨的声音。"他发来一段雨声"，这首诗的灵感也是从微信里听到我一个在挪威搞艺术的朋友给我发来一段雨的声音，我就把它写了下来。在中法诗歌节黄山分会场，法国著名诗人 Andre Velter 读了我《他发来一段雨声》的法文版，他说喜欢这首诗，我读了中文版。其实这首诗不是我平时的风格，是我新近的尝试。

突然之间，我开始喜欢上了古典音乐。这真挺吓人的，我原来可是个朋克青年。我讨厌民谣，看不起流行，厌恶古典。突然之间转性了，可能是因为朋友之间的互相影响，也有可能是因为朋克音乐已经无法支撑我全部的精神世界了。古典音乐和摇滚乐的听感完全不同，摇滚给我激情，古典让我平静。集中听古典音乐，喜欢上了那个穿紧身裙和金色高跟鞋的王羽佳。听她弹得行云流水，我听得如醉如痴。

我喜欢看关于艺术家的电影，以前因为写作的缘故，看了不少关于作家和诗人的电影，集中看了几个艺术片，比如 Hilary and Jackie（《她比烟花寂寞》，又名《狂恋大提琴》），还有《魔鬼的小提琴手帕格尼尼》。后者我看了五分钟就感动流泪了，只是整体上的艺术深度并不如前者那么有层次，前者挖掘出了人性情感的复杂程度。还有一部电影，我最近一定要看，那就是每次我都看不下去的《钢琴教师》。

看艺术片的过程也许不如看好莱坞大片儿爽，可得到的对人性的挖掘要深得多。好莱坞大片的立场过于黑白分明了，看了之后没有回味。如同吃了一次火锅，爽是爽，短期之内就不再想吃了。

实际上我也同样喜欢爱憎分明的题材，比如前一阵在"诚品"书店买到的《特战绿扁帽》，就让我看得上了瘾。书里的每一章都是不同的故事,其中《盲拳手的机会》最让我有感触,主人公因为在拳击课上被打晕住院而恍然发现自己是个胆小鬼!从而失去了自信,然而,"即使你不是天生的斗士,还是可以把自己训练成斗士,我绝不是个天生的斗士,但没有关系,透过艰苦的锻炼,我已经获得了类似的能力"。

作者余靖是马英九的外甥。这本自传式著作《特战绿扁帽:成为美军反恐指挥官的华裔小子》是由台湾商周出版社翻译出版的,出版时他并没有曝光他的身份,仅以笔名"契斯特·黄"(Chester Wong)代替。

家里多了花,看书都更安心了。有音乐,有咖啡,有葡萄酒,有香水,有我爱的书,有我的猫,还有我的诗,一切这么完美。这当然不是最高境界,最高境界必须得是李白的"朗笑明月,时眠落花"。这里的花,指桃花。

如果能一直住在酒店

称呼它为酒店、宾馆、旅馆都可以，如果能一辈子住在那里就好了。有精致的地毯，或干脆就是老的木地板，屋里一年四季有鲜花，有大的绿色植物，有露台，有按摩浴缸，有坚固的桌椅，有可以调节明暗的灯。什么都有，冬暖夏凉。有人每天来打扫，只有趁你不在的时候，他们才会来，你如果在，完全可以取消打扫服务。衣服脏了有人帮你拿去干洗，鞋脏了有人帮你擦。有隔音，没有令人烦恼的可恶的邻居。对一个作家来说，还有什么比住在这样的地方更适于写作呢？我又没那么热爱下厨。

对了，我要带着我的三只猫，那么，最好住在一层。平时我看书或写作的时候，它们可以在院子里玩，不用担心小孩子追跑打闹，不用担心饶舌的老太太说四邻八卦，不用担心停水断电，总之，这些都不用担心了。好吧，这简直就是我幸福的少年生活的成年版——我小时候住在军队大院，比起普通的居民楼，少了许多邻里之间的磕磕碰碰，因为军队大院实在是另外一个世界，一个少了许多人情味却多了很多安全感的世界。我在这样的环境长大，已经很难适应和讨厌的邻居打交道这样的事了。自从我搬出了家,无论我住在哪儿,楼上或楼下都会有一个讨厌的大妈。我睡觉晚,喜欢看电影听音乐,这样的大妈永远会敲暖气片,永远让我觉得生活太不美好了。

香奈儿住了一辈子丽兹酒店,我可以东住住西住住,住点便宜的。对生活来说,我也只是路过、住过。

游 泳 去

一

今天一走进那间游泳馆,我就感觉不对。此前,这里是我最喜欢的游泳馆,实际上,它是一家宾馆附属的健身中心。游泳池在地下一层。平时这里人很少,因为这周围都是军队大院和机关大院,平时他们都上班,街道上除了汽车,行人也不多。我就是喜欢这种平静缓慢的气氛。十几岁时,我喜欢都市的感觉,后来眼看着北京变得越来越陌生,新建筑层出不穷,我认识的那些在北京生活的人也变了不少。我越来越不习惯北京了。

平时,我只能宅在家才能避免堵车,或者看到路上的行人。真的,每次从车里看到路边等公共汽车那些人的脸,我都有种想闭上眼避免与他们接触的欲望。那些脸写满了不甘、挫折、绝望,还有无奈。他们都有张麻木的脸。

我不能只待在家里不动,那有种坐牢的错觉。于是我还会出门,散步、游泳、购物,保持基本的社交生活。这种社交都发生在东城区或朝阳区,它逼迫着我出门,也逼迫着我了解现在进行时的北京。其实这种生活我已经过了许多年,如同以前古代文人写的"优游以养拙"。其实自由职业者的最大优点就是养生吧,不然你出门看看,来一次早高峰晚高峰你就明白了。

电梯到了游泳馆所在的B1,我刚走出电梯门就愣住了。我眼前像大卖场般热闹,椅子上坐着几个大人,还有几个小孩正分别从男女两间试衣间鱼贯而出。站在那里琢磨了一秒钟,我明白了,这里办了个游泳班。果然,服务员告诉我,这里从下午四点到晚上七点,有个儿童游泳班。我一看前台后面墙上的挂钟,正好是六点半。

没办法,既然来了,就游吧。女更衣室的地上到处是黑色的水渍,一个体型发福的中年女人刚游完,正在换内衣。肉色的没有形的内裤,肉色的内衣……我赶紧把视线移开,盯着人看,太没礼貌了。打开柜子门,我脱下短裙,突然发现有双眼睛直直地盯着我,原来不知道什么时候,中年妇女旁边多出来一个小女孩,五六岁吧,她依偎在妈妈怀里,正好奇地看着我呢。我与她对视了半秒钟,接着脱衣服。

在她的眼里,我是一个什么样的阿姨呢?

换好一件式黑色连体游泳衣，戴上深蓝色游泳帽，把游泳眼镜调整好，我走出更衣室。

算我幸运，还有一条泳道没人。

二

上次游泳，我还是在大海里，在我老家烟台下面的一个小城市……想着这个，我脸上浮出了笑容。那天阳光不错，沙滩上有不少人，我带着表妹和她的朋友，寻了块人少的沙滩，不，是她们带着我寻的，不然不住在老家的我怎么会知道哪块沙滩人少呢？就算这样，人也是很多的，好在他们大多数都嬉笑打闹，我一个人游出很远，我喜欢视野里只有大海的蓝，没有人类踪影的妨碍。

我表妹和她的小女朋友都是90后，比起前几年，表妹现在的穿衣打扮越来越偏向中性了。那个女孩儿还在上大学，一头长发，小巧玲珑，在表妹身边小鸟依人。作为一个心怀忧虑总是思考人生的成年人，和她们在一起我简直像个家长，有时候我感觉她们把我又带回了青春期时单纯简单的时光，不用思考未来，不用担心种种是非，目光都集中在身边的种种小事上，随之喜悦或伤感。这或许就是青春的力量？而当你不再青春时，你才又被青春所打动。

我游着游着,就看到了安全网。这片海,只能在这片"安全范围"内游泳。这简直是粗暴地妨碍了大海的自由。好吧,也是妨碍了我的自由。

好在,离安全距离还很远,我就游累了。离沙滩近的那些人们,他们在享受着阳光和海水,每个人都有家人或友人陪伴,打打闹闹,自在极了。我喜欢他们。但我永远不是他们。我也过不了那种日常生活。那种亲情所带来的温暖让我渴望,我却又明白亲情也会带来对个人生活的束缚。尤其是在小城市,熟悉社会,亲情就像一张网,让稍有棱角的人动弹不得。

生活本该有许多种方式,然而我所目睹到的,却只有那么几种。其实只有一种,就是最主流最安全的那种。我不想过这样的生活,我想探究生活的可能性,想逃脱主流生活的桎梏,为此也不得不有所牺牲。就比如萧红吧,后人说她遇人不淑,甚至有人说她是个脑子不好用的文艺女青年,实际上那些脑子好用的又何德何能写出类似于《呼兰河传》这样的作品?她过的是轰轰烈烈大时代的一生,是天才的一生,怎么能用和平时代平凡人的心态来计算她的得失?当一个中国女作家真不容易,除了本身作家要面对的问题,还要面对那些才华明显不如你的所谓专栏作家或写手们的刁难。鸡汤类作品的主旨永远是如何以最小的成本获得最大的利益,所以他们会嘲笑所有不按着此套路来的人。

我游泳的时候思维总是很跳跃,这也是我喜欢游泳的原因之一。

三

在雾霾的夜里,走路去家附近的宾馆游泳。实在是想不出来还有什么办法,能让我在这样的天气下得到一点好心情。唯有运动。唯有健身。是的,待在家里,多吃一口也是吃,少吃一口也是吃,往往吃得比消耗得要多。恶性循环,胖让心情变差,心情变差就更想吃了。

在接近零下的雾霾天出门也是需要勇气的。穿大衣戴帽子系围脖,最后再把终级武器—— 3M 口罩戴上。穿越迷雾般橙黄色的灯光,我终于走到了游泳馆。已经接近晚上九点了,服务员说还有五六个人。也许他们都和我想得一样,需要用运动来摆脱负能量吧。

我飞快地脱下衣服,换上鲜黄色的游泳衣。我旁边站着一个刚游完的阿姨正在穿衣服。她发胖了,而那条肥大的肉色内裤让我心里一哆嗦,唉,这也太不讲究了,且不说身材,光是这样的衣服就让一个女人变老。

想起上次来游泳,更衣室里有两个年轻的女人,她们比我先到一会儿,刚脱光了衣服准备换泳衣。我看她们并不急着换衣服,而是裸体说笑。其中一个长发的说：哎呀，我今天又吃多了，分分钟长胖的节奏啊……另一个笑说：那谁今天中午不还约你吃饭？……我不由得看了她一眼，她的身材肥瘦有致，饱满而年轻，她要是算胖那胖人真得要自杀了。而她一抬手臂，好一丛茂密的腋毛。如今大家都剃掉腋毛，就连腿毛也除得干干净净，这应该是时尚的潜规则之一吧。除了有些保持个性的法国女人，其他国家的城市女性无不遵守这条规则，尤其是美国人，绝对把除毛当成金科玉律。不信你去他们的超市看看就好，除毛产品林林总总，应有尽有。前一段时间，麦当娜发了张露腋毛的照片，还附了一句话："腋毛？不在乎！"麦当娜永远走在时尚前线，这张照片也有吸引眼球的宣传作用。而这个女孩，气质一般，除了绝佳的身材，她与朋友聊天的口吻和举止呢，都反映出她是一个层次不太高的女人。无论如何她不像是为了反时尚而不刮腋毛。然而我觉得，不管她有没有想到腋毛的事，她都是一个活色生香的女人。

换上泳衣，我痛快地游了半小时，然后洗澡、回家。

南 国 少 年

红豆生南国。南国就是多情的象征。从北京一到深圳,看到窗外的蓝天白云,我差点热泪盈眶——北方有霾,南方有情。

以前也断断续续来过几次南方,每次停留的时间都不长,除了某年夏天,等等,那是夏天还是冬天?不重要了,反正在广州的天气里永远是夏天。某年我在广州待了一个多月,这已经是我在南方停留时间最久的一次了。每次我都好吃好喝,与朋友们纵情欢乐,对南方的肥大翠绿的树木着迷,感慨11、12月居然还有美丽的花树长满南方的街道,居然还有无数的水果任你选择,居然吃饭的时候有免费的龟苓膏。听起来很惨,但这就是在北京生活的后遗症。在一个没有散步文化的城市里,浪漫不再是牵手散步在林荫道上,而是后现代的建筑,浮躁的文艺链及每个人都有十五分钟出名机会。

南方则如此水润如此宜居。南方的服务员温和有礼,南方的男孩子和我吃饭喝咖啡的时候,知道照顾人,知道体贴。对比北方的汉子们的举止,这才是让我舒服的人际关系,不再是北方式的大男子主义式的大包大办你必须听我的，而是有商有量随意体贴。也许因为陪伴我的依然是写诗的85后，本身就是南方人，他逃脱了北方人关于重男轻女的封建桎梏，直接拥有了城市文明赐予他的轻松与灵动。

我想起我在柏林的美国大学分校里认识的那个男孩，在康德哲学课上，他坐在我旁边，机灵可爱并且具有分享精神。课后闲聊时他告诉我来自深圳。也许正是由于有开放的心态，南国少年普遍比北方少年要更受到文明的洗礼，融入发达国家也会更容易些。

从北方到南方，每每我都有种新鲜感。而他们是如何看待我的呢？他们觉得我穿一身黑色很酷。很有意思，在北京我只算中等身材，在这里，我如此高昂，就像一座山。身边跟着南国少年，很和谐。

阅后即焚

他骗所有人

从来不骗自己

他从不堕落

从不空虚

他知道他是谁

他把自己高看了

你不必喜欢他

我知道你很讨厌他这个装逼犯

你就是闲的

没有理想没有目标没有追求

信仰这个词对你来说太陌生了

我知道你看不上他

但我劝你看看他的书

——《他——对某朋友说》 2013.1.15

生 命 的 源 泉

作家介绍：安·兰德（Any Rand，1905-1982）是全世界有史以来最畅销的作家之一，是20世纪美国最为知名，小说和论著卖出册数最多的作家、思想家和公共知识分子之一。安·兰德最具有哲学挑战意义的哲理小说《阿特拉斯耸耸肩》（Atlas Shrugged）被评为"继《圣经》之后对当代美国人影响最大的一本书"。

感谢这本由诗人兄弟快递给我的书，俄裔美国作家安·兰德的长篇小说《源泉》（The Fountainhead）。它让我度过了疯狂入迷阅读的整整两天（书太厚了，翻译成中文还要700页）。好久没有这样畅快淋漓的阅读时光了，看到一半我便担心起把它读完后将随之而来的空虚。现如今很难有一本书的结构完美无缺，语言流畅迷人，整本书如同一块完全的玉石，坚固、完整、精致，前言的第一段话便令我击掌称快，安·兰德实在是坦率、自信："维克多·雨果的一句话最能表达我对于自己作品的态度：'假如一个作家只是为他自己的时代而写作，那我就得折断我的笔，放弃写作喽。'"

这是安·兰德唯一一本我能够从头到尾一字不落读完的书。之前买过的《致新知识分子》、《理性的声音》（Voice of Reason），都放在厕所里一目十行地看的，另一本长篇《阿特拉斯耸耸肩》实在太长了，当我拿起像砖头似的两本书差点倒吸一口冷气。要是都跟她似的写小说，作家完全可以被冠称为"劳模"了。据说当年出版她书的编辑要求删改小说，她冷冷地回答："有人嫌《圣经》长吗？"而我拿起《阿特拉斯耸耸肩》发现有点看不下去，这不是她的问题，是我过于浮躁，如果有天我需要力量，我想我会立刻拿起这本书。

好，接着说《源泉》，本书主人公霍华德·洛克是个典型的个人英雄，是个理想主义者。有才华有性格有勇气，典型的美国梦中的人物。上天对他的考验可太多了，有些确实是他自找的，我相信（作者也让我们这样相信）任何一个坚持自我，坚持保护自己灵魂不被肮脏的事物所污染所收买的人都会遇到和他大同小异的考验。而他，没错，不怕流血牺牲不怕贫寒饿肚子也不怕舆论打击，活下来了，胜利了！据说美国有许多人正是看了这本书才立志当一位建筑师。我觉得他们也太高尚了，没看到洛克胜利得多么艰难吗？哦对了，他甚至没有在爱情上折腰。文中他的爱人多米尼克就是一个女版洛克，两个人完全是一个模子里刻出来的，只是洛克比她更……怎么说呢？更……冷酷些罢了。书中的每个人物都刻画到位，绝对活生生，绝对有趣。就连景色描写，都十足能表现出作者的观察力和才华。

我推荐这本书给所有相信自己，想完成自我实现的人来看。

居然会有人说《源泉》篇幅庞大、文笔枯燥、缺乏平衡、没有节奏，我想这个读者一定疯了。这本书完全忠于作者"写小说就是为了给自己的哲学穿上外衣，而所有的情节，最终都是为了给主人公一次当众演讲的机会"的理念，却又像武侠小说似的通俗易懂，为什么不看它呢？如果说有何遗憾，那便是这么晚才在中国出版，这么晚才有机会被我们看到。

梦 把 你 撒 向 远 方

诗人兼出版人楚尘，送了我一本德国诗人贝恩的诗选，他被称为继格奥尔格和里尔克之后德国最著名的诗人，而我这个写诗和读诗的人，却没有看过他的诗。在拥挤的一号线地铁，我有幸占了一小块地方，能打开他的诗集，每首诗都令我惊喜，太多段落让我想记下来。比如在1925年他的《歌手》一诗中，就写道："没有人能理解，创造的意义：向着唯一的目标，忘记你我的分离。"比如1941年写的《独白》，里面每句都美得不像话，像一幅表现主义的画作："梦中的渴望，闷死幻觉，砍伐孤独之树，以获取利益、首饰、提拔和悼词，但是末日即将来临，它像飞舞的蝴蝶和炸碎的石头，冷漠地提示另一种意义……"

我在地铁满是筋疲力尽的人们中间读着这些诗，就像在沙漠里找到一小块绿洲。是啊，诗有什么用？你可以说它一无所用，也可以说它用处大大，可以治病，可以救命，可以带你飞，带你逃。一个人读了诗，爱上了诗，就不再仅仅是活着了，而是有了思想，有了灵魂。

"梦把你撒向远方"也是诗选里面一首诗的题目。这个远方是相对的，甚至可以是心理上的距离。

见楚尘时，我带了几本自己的小说，其中有一本是某出版社为我做的再版版本，我本不想带来，因为纸质太粗糙，设计太粗陋，根本拿不出手，沦为出版快餐。果然，楚尘直言不讳地说如果是他见到这样的设计师，肯定不会同他说话。他要把每本书都做得精致，做得到位，不惜成本。最近上市的《新陆诗丛·中国卷》里，我的诗集也在其中。当我看到样书的时候，简直快要感谢上帝。不，直接就感谢楚尘吧。这本诗集从纸到封面设计再到内文排版，每一个细节都符合我对一本诗集的要求，甚至可以说是我出版作品以来最用心对待的一本书了。要知道，不是所有的作者都能找到认真负责的出版者。这个比例相当的低。楚尘见到我对新诗集的惊喜，明白我对以前自己的出版品的沮丧，他劝我别怪别人，要做好自己。作家和诗人就是造梦的人，梦把你撒向远方，接下来就跟诗无关了，要好好想想，该如何在远方流浪呢？

一个人若是做自己喜欢的事，再艰苦也是快乐的。若过着自己不喜欢的生活，哪怕衣食无忧也没用。我实在是发现，我们这代人，意识仍然处在封建社会中，处处为自己设限，除了独立的生存能力以外，独立的思想又有多少人重视到了呢？诗就是独立思想的体现，读诗吧。

看 闲 书

我说的闲书是真正的闲书,可看可不看的那种,看了可能也得不到什么修身养性的好处,更得不出什么学问,它们统统被专家学者们斥为垃圾书,是为没什么事儿最好别看有什么事儿更不要看的书。但我喜欢看,这样的书最为有趣,有些书想象力一流,有时你甚至会觉得这家伙的想象力实在太绝了,可能笔杆子差了一点。还有些书是典型的没写好的好书,故事一流,只是架构太差,还起了个标题党的书名,最终流落到地摊或者是专卖盗版书的书店里了。

先说看书,我喜欢看写得差的好书胜于写得好的差书。二者的区别是,前者文字可能差点,但有趣、有灵。后者像流水线上操作出来的,文字没问题,故事没问题,但看了跟没看似的,甚至一肚子反感——明显是为了卖钱而写的,一丝一毫的诚意都没有。

为什么同样的题材,不同的作家写出来就有高下之分?为什么同样都是长篇小说,有些看完之后只能垫桌腿,有些却让你珍惜地放在书架上?我一直认为不是所有书都值得放在书架上,有些书完全可以看完就扔，当然，大部分文学类的书即使写得不够好，还是值得留下来，可以偶尔翻阅，可以一看再看，就当是本资料书好了。

在看过几乎全部琼瑶的书后，我发现已经看不进乔治·桑了。很显然，琼瑶的爱情小说"借鉴"了乔治·桑，甚至有本书从头到尾的故事节奏都模仿了她，可惜一点没学到人家对社会阶层的犀利和刻骨的分析。最近从图书馆借了本女权主义者埃丽卡·容的著名小说《怕飞》，第一句就让我笑了起来："飞往维也纳的飞机上载着七位精神分析家，其中有六位曾经诊疗过我，后来，我嫁给了第七位。"然后随着这本书越看越多，一个国内曾经的"美女作家"写过的小说片断也浮现了出来——十分不幸，那美女作家那本著名小说不但抄袭了另一作家，还深度借鉴了这本小说。更不幸的是，我先读了美女作家的二手小说，几年后才看到这本大名鼎鼎的原作。这真有点倒胃口。自古天下文章一大抄，您也抄得有点水平啊，一点没学到这本书里对女人生存的思考以及女权主义思想，就学会了安排偷情的片断，天哪，里面甚至有些一模一样的句子。看来以后一定要先看经典著作，省得被后来的某些不入流的小说扰了胃口。

原创性和直觉是最重要的。一位作家，不要看太多同龄作家的书，免得受其影响。最好保持本色。模仿得再好也是第二位，永远无法超越前者。踏着别人走过的路，就真那么心安理得吗？这让我想起我一个朋友的寓所，那寓所很大，甚至有间巨大的书房，里面放满了各式各样的书，所有题材一应俱全。在仔细看过这书架后，我得出了一个结论，我这个朋友平时不怎么看书。为什么？因为这些书几乎都是2000年以后出版的书，它们的共同点是——都很新。一个读书的人应该看得更多的是以前的书，比如读外国文学，不能不看《圣经》，不能不看《浮士德》，追根溯源，那是所有现代派外国小说的母题。新家具要模仿明清家具，做得再好也显假。

两个男作家

对比看过的《洗手间里的主权》《杀鹌鹑的少女》，这《吉陵春秋》与《大河尽头（上下册）》则明显文字与视野都高了不知道几个档次。当然体裁不同，前二者是散文随笔，后面则是短篇小说集与实实在在的长篇小说。前两本作者是有"香港才子"之称的陶杰，后两本作者的身世则复杂得多，他出生于英属婆罗洲沙捞越邦古晋市，在台湾读大学并一直定居台湾，名为李永平。

不知道为什么要把他们放在一起对比。同为香港作家的还有许多人，李永平并不是其中一个；他们的写作风格也是截然之不同。然而，把他们放在一起对比可以看出受过不同的教育后人所体现的不同风貌。

陶杰写："英国等级分明，第一流的英国人是很自觉地不会娶东方女子为妻的……洋人娶中国女子，有时有很复杂的种族心理因素，女方嫁给他前最好先弄明白，他要的，是一个平等的女人，还是一枚用大头针钉着的蝴蝶标本。"看到这段话的时候，我想陶杰的信息落后了，现如今东方尤其是中国，流行的是"河东狮吼"，他没闹明白，蝴蝶标本是过去时，现在都是母老虎。还有，说起英国女子，在另一位香港才子董桥的书里，引用别人的话，说"美国男人心目中，英国妇女没有美国妇女之神经质，没有苏联妇女之雌威，没有欧洲妇女之棘手；她们依旧是英国男人的一杯茶"。

陶杰在自己的随笔里写"哪里有品味，哪里有自由，哪里就是我的家"，这句是出自曼杰尔施坦姆的"哪里给我更多的天空，我就去哪里流浪"，不过意境就小得多了，陶大才子还是在意"品味"。这可能与他从小在英属香港长大，后又留学英国有关。李永平念念不忘的是中国，把中国大陆称为"老母亲"，是文化母亲。这就让我理解了为什么他生在南洋，却自称是从唐诗宋词里来，他后来出国深造的地方也是以自由之精神见长的美国。余光中盛赞"他的句法已经摆脱了恶性西化常见的烦琐、生硬、冗长"。陶杰的书适合在厕所里翻翻，或者在飞机上或者在火车上看看，而李永平的书则应该在书房好好读，他把对人对世事的看法都融入了小说中，当然不会让读者轻而易举地找出瑕疵。陶杰的中文时而粗陋，时而翻译体，李永平则真的让你想到《红楼梦》，想到唐诗宋词，这些都已化为他的精神食粮，给他文化上的支撑。从这点上讲，李永平至今没有来过中国大陆也不是什么憾事，除了长江黄河长城长白山什么的应该亲自去看看，这是立体的是书上体会不到的，别的精华，他能读到的书里都有了。

睡 前 阅 读

我床边一般都扔着十几本到二十本不等的书，用来睡前阅读用，有些是为了催眠，有些是正好相反。我看书口味很杂，乱七八糟什么都有，有网络军事小说（就是印得很糙，文风也是）、国外的硬汉小说，有纯文学小说，有牛逼的诗集，还有几本生活类的书，在我崩溃的时候安抚自己用的。

我自己现在几乎也开始讨厌纸质产品了，除了不环保，出门旅行也不方便携带，更何况不是所有书都值得保留，我不再是一个爱书如命的人，有用的信息记在脑子里，喜欢的句子做摘抄，别的书看完就扔，或者送人。值得保留的没有太多。除了睡前喜欢翻书的习惯改不了。

不喜欢苏姗·桑塔格的小说，她的评论比小说要好，出于对名人隐私和生活细节的好奇，我买了一本她的日记与笔记，看起来挺像微博。分行分得很散，这也正是我喜欢这本书的原因。看起来不累。毕竟不是小说。里面写到她很早以前其实就是个同性恋，她爱女人,在那个年代同性恋不被理解,18岁时她匆忙嫁给了她的老师……怪不得她对婚姻持非常悲观和负面的态度呢,书里有一条逗死我了:"在我金婚纪念日,我的曾孙子辈来见我:'曾祖母,您有过感觉吗?''有过。是我年轻时得过的一种病,但我扛过来了。'"

我很喜欢看清单,比如书单、生活用品单、最近要看的十部电影单……苏姗喜欢列清单。我喜欢看别的作家或学者列清单,看自己的品位是否有与之重合之处,就算没有也可以对别人的口味有一个清楚的了解。

而有些书我总是喜欢一看再看的,比如《华氏451》。除了故事我喜欢,有诗意有思想,我还喜欢看它的后记和跋,这才是这本书更重要的指示所在。作者说:"这本小说依然忠实于原著,我不同意篡改年轻作家的作品,尤其是这位年轻作家就是曾经的自己。"我也是这么做的,再版时除了一些必要的删除(必须由法院下令),我不会对情节有任何改动。我曾经用了几个月的时间认真修改过一遍《2条命——世界上狂野的少年们》,然而在再版时我依然给编辑寄去了曾经的版本,说就按这原来的版本来吧。这本书的跋里更进一步,提出了一个非常重要,重要到让许多作家都忽略了的原则:不能因为任何人而修改自己的作品。还是那句话,除非法院下令。

对啊,如果写不出来这么牛逼的前言后记或者跋,就不要狗尾续貂了。《烟树》的翻译在译后记里抱怨说作者不愿意给中国读者写个前言："我们对他说，作为原作者，对读者特别是异国读者谈谈自己已被译成另一种文字的书，这于人于己都有好处。但是，除了热情回答问题外，他终究没有给予配合。"哈哈，逗死我了，为什么非要给中文版写个前言呢？为了讨好读者还是解释本书？有什么好解释的？所以说不写是最好的决定。

那时候，我们想改变世界

人在年轻的时候，都想改变世界。想涤荡污浊，想砸碎不公正和不美好，想把世界塑造成自己理想中的模样。我喜欢年轻时的那股单纯的气，因为特别喜欢看跟青春时代有关的小说及电影。六十年代是个无法回避的年代，青春、激情、革命、摇滚乐在全世界开花，被称为"乌托邦年代"，巴黎的五月风暴成为1968年的代表形象。与此同时，中国及亚洲也各有不同的运动，在日本，就发生了左翼学生运动。

其实这左翼学生运动残留下来的气息，往往在日本作家的小说里都有所体现，当然翻译成简体本的小说，往往都没有太多当年的影子，或许那也是一道伤痕，用作者川本三郎的话说就是经历过"学生运动"的人们，至今也不知道该用何种心态来面对当年，或者是该怎样恰当地提起当年。村上龙在青春小说《69》里，也写到学运时的日本高中生，得过诺贝尔文学奖的大江健三郎小说里也有提及，包括村上春树的数本小说里也会出现那一代年轻人的身影，尽管大部分只是当作时代大背景一笔提过。媒体称日本六十年代的学生们为"安保一代"。Bob Dylan有首歌叫My Back Pages，被作者川本三郎当作本书的英文名，歌里有句一直重复的歌词是"昔日我曾苍老不堪，而今我却风华正茂"，暗合了本书作者曾为当年之事所痛苦的母题。这本书的中文名是《我爱过的那个时代》，副标题是"当时，我们以为可以改变世界"。

其实这是本悲伤的书。然而它的音色并非从一开始就那么低沉。这是一个充满希望的开始，逐渐到达高潮，然而结局却很黑暗的故事。也是时代之音。1968到1972年，日本诗人树村有首诗叫《赠品》，里面写道"从此以后，我们长大了"。诗里写到的两件事，一个是羽田机场事件，反越战的左翼学生团体包围机场，试图阻止当年的日本首相登机赴美；另一事件是影射日本联合赤军的"浅间山庄事件"。这本《我爱过的那个时代》，正是讲在当年的大背景之下，作为朝日新闻社记者的"我"，涉入一个青年"政治犯"的杀人事件中。而"我"出于对左翼学生的同情及对记者专业底线的坚持，同时也有着年轻人身处漩涡之中的迷茫，毁掉了"政治犯"的犯罪证据，终于丢了记者的工作并入狱。之后，作者对此事一直无法忘怀，在隐忍多年后，终于剖析内心，写下这样一本关于独特年代里作为新闻事件中心的"我"的内心分析，包括热血、困惑、痛苦、反抗和绝望，并且在书中描绘了六十年代的状态，引用了大量的新浪潮电影名、大量的乐队名称及许多首诗歌。看了这本书，能清晰地感知到那个时代学生们的政治诉求，无论如何都带有一种非常单纯非常理想主义的色彩。

想了解那个时代的日本年轻人，本书不可错过。整个六十年代都风起云涌，日本在这时代强音中是不能抹去的一块，它与当年全世界的年轻人革命运动交互相映，只是它的最高潮，亦是它开始没落的时刻。

蓝 色 是 不 是 一 种 温 暖 的 颜 色

从看到那张电影海报上的蓝头发女孩开始,我就渴望看到它,那蓝蓝得那么触目惊心,带着对主流不屑一顾的美感。

三个小时的电影,犹如一部青春成长的纪录片。从一见惊情互相试探到感情结束走入茫茫人海,三个小时定格了一段像烟火般灿烂的爱情。开放性的结局,让人感叹"这就是生活"。这不是一部深刻的电影,但文艺青年用来打发时间,足矣。蓝头发的女孩 Emma 太美了,这不仅仅是外表的美,还有她的学识、她对自我的认同。阿黛尔更像我们生活中能接近的人,比如有时候的我们自己……不完美、懵懂无知、随波逐流。被抛弃,被放弃,泪流满面,无可挽回。

阿黛尔在 Emma 家吃饭的那场戏,真让我感慨。所谓生活方式,意味着很多东西。吃什么?喝什么?聊什么?在意什么?统统代表了这个人所受的教育和喜好,也不是说出身就百分百重要,你可以与家庭决裂嘛。问题还没有结束,更深层次的不和谐出自她们的文化修养不同。

可怜的阿黛尔不知道席勒,她说她现在写的文字也就只有日记,没有打算深入下去当一名作家。可是 Emma 的朋友们都自由不羁啊,在聚会上,有个女孩问阿黛尔是做什么的,阿黛尔说她是老师,一阵沉默。问她这个问题的女孩儿说她自己学的是艺术史和哲学。看得我揪心。我不学历至上,学艺术史和哲学也会出蠢材,两个艺术家也会就艺术观点而争吵或者决裂,可阿黛尔确实对这些一无所知,吵都吵不起来。阿黛尔会做饭,可 Emma 不需要啊。他们在讨论快乐的不同形式,阿黛尔插进来问你们需要干酪吗。有个网友问我,你会喜欢上"干酪"吗,我说 No, thank you。

阿黛尔是很美,但没文化就不行。至少没法和一个有文化的人在一起。当然,这是法国。如果在中国,我想可能问题没有这么大。在中国大家会用"爱"模糊一切,其实为何爱也是需要探讨的。安·兰德就在她的书里写过:"在你说出'我爱你'时,要首先明白'我'是谁。"

看完这部电影,我有点颓。阿黛尔在咖啡馆哭她那无法挽回的、估计这辈子记忆最深刻的一场爱情(以后的估计达不到这种绚烂程度),我陪着哭了一会儿,想到自己曾经也仿佛有过这种只能仰望的爱情,以及被它打击得毫无自信的时刻。这电影够压抑。阿黛尔真是太本能了，完全没有任何追求。她不懂Emma，懂不了，也无法分担。她过于单纯，她无法融入，她体会不了Emma的精神世界，她无法分担Emma的苦。Emma早就明白了这些吧，真是教也教不会啊……阿黛尔有那么多机会可以成长，她放弃了，任由她和Emma之间的距离越来越大。

她们之间的距离，就是精神世界的距离，是她们对自身定位的不同导致了她们之间无法真正交流。把她们中的任何一个人换成男人，也没有任何区别。这部电影拍的是两个女孩的爱情，但并没有局限在同性恋里，它拍的甚至也不仅仅是爱情故事，它拍的是一段光阴。这当然是个悲剧，幸好是和平年代的。更极端的例子是曾在苏联引起过极大争议，被鲁迅盛赞过的苏联小说《第四十一个》，神枪手、喜欢写诗的红军女战士爱上了被俘虏的蓝眼睛的白匪军官，最后他死在了她的枪下，成为她击毙的第四十一个敌人……

高更选择大溪地女郎，被毛姆视为响应内心的呼唤和对资本主义社会社交圈的抛弃，意味着理想打败现实，择材写成脍炙人口的《月亮和六便士》，而21世纪电影里的先锋女画家Emma可没法和不懂席勒的小学教师在一起……这是原始本能被视为无知的年代，这是资本融合的时代，没有茹毛饮血的原始灵感可供与之爱恋与生活，即使有，也必然会在生活里败下阵来。这是通识教育的年代，所谓通识教育，不再是传统天才只要发挥自己的才华，身边自有人照顾的年代了。现在的天才都变成了精英,不需要找一个保姆当爱人,他们讲究的是强强联合,他们认可的爱情不是托儿所更不是救济院。你必须要有拿得出手的才能与之相配,你必须经受得住情绪的考验,否则,还是和与你同一档次的人在一起吧。

所有的爱情开始都是轻松而美好的,之后就开始沉重和复杂。那蓝发少女犹如一道阳光划破芸芸众寂寞少女的阴霾世界,多年之后,也就只有这蓝色值得被记住。在爱情尚未经历痛苦以前,我们再多看一眼这蓝色,再多停留一秒好不好?无论它是冷色调还是暖色调,它都是爱情的颜色。

一路嚎叫的文学青年老甜甜

这个题目包含了两个内容：一是出现了肖睿的第二本书的名字；二是写出了他的昵称，尽管身边的朋友习惯叫他肖老师，可他还是管自己叫"老甜甜"。事实上，这个家伙活到现在，有相当长的一段时间都非常苦闷，直到考上大学，才修炼成"老甜甜"。

到目前为止，这位出生于1984年之前生活在内蒙古的年轻作家肖睿已经出过三本书，《校园检讨书》《一路嚎叫》及《我考》。据他自己说，《一路嚎叫》是一部半自传性的东西，由于天生比较散漫，学校比较压抑，于是就离家出走了，回来以后的状态特别不好。为了帮助自己走出阴影而开始写小说。《校园检讨书》是《一路嚎叫》的一个铺垫，紧接着第二本书也写得很顺其自然。他说其实当时心情特别简单，就是想放松一下自己。而高考落榜后，他心情一度非常压抑，幸好第二年如愿以偿考上了电影学院，也就有了《我考》这本书。

可以这么说，从上面的一小段介绍的文字中能看出来，他并不是一个循规蹈矩的传统意义上的"好学生"。他关注的向内的、深刻的人生体验也并不是每个人都能够理解的。曾经教过他的老师甚至在百度的"肖睿吧"里发言,担心他的心理问题。因为认识他的几位老师和同学在看完他的作品后心情复杂,感觉"他在书里把周围的好朋友和关心他的老师全都侮辱了一番"。而据作者说,《校园检讨书》是一个虚构的东西,但是里面很多故事都是真实发生在身边的,他就想办法写得更加荒诞一些,就是把真事说假了。《一路嚎叫》是一个半自传的东西,他希望不掩饰自己。

认识肖睿后,我发现这个看上去胖乎乎的老是皱着眉头的男孩总是在思考一些荒诞不经的事,就像他小说里给主人公起的名字不倒霉和 WHY 一样。不倒霉特别倒霉,而 WHY 有很多问题就是说不清为什么。他们一次次徘徊在生活的边缘。这样的文字与其说是真实不如说是真诚。就像所有能够感动别人的青春小说一样,首先作者自己必须先被感动。他必须要面对成人世界的游戏规则,在一次次的出走中,付出成长的代价,体会成长的意义。他的书里的男孩总是无法忍受,总在出走,总是寻找理想,最后理想是注定要破灭的。作者借主人公不倒霉来说明了一个简单却让很多人迷惑的道理——所谓的艺术后面也隐藏着虚伪与丑陋……

在像牢笼一样的复读中,他常常会去我一个朋友的论坛"食肉堂"溜达,说那里的诗歌都特有意思云云,后来两个人就开始通信,还是用鸿雁传书的那种，直到肖睿考上了大学，两个心灵知交见了面，成了好朋友。就是这个女孩介绍我认识了肖睿，我们一见如故。可以想象的，我们喜欢的东西都一样，不喜欢的东西也一样。

他有一件小趣事，某次在北京图书大厦做签售时，刚进行了五分钟就被迫结束。原因是他和一位同样是摇滚乐爱好者的女读者由于观念问题吵了起来，这次又短又快的签售就这样结束了。

肖睿说，年底可能会出本新书，名字暂定为《火和雷》，讲的是一帮小混混打架的故事。我们都喜欢那部《牯岭街少年杀人事件》，他觉得可以写一个现代的大陆的担惊受怕、热血澎湃、无所事事、跳跃着的、非主流的青春。就像他向来很矛盾一样，他想写的另外一部书是个关于马戏团的小说，至于他能写成什么样，我们谁都不知道。

他欣赏亨利·米勒的一段话：作家首先要学会像蝼蚁一样生存，要学会像雄鹰一样观察世界。我把这句话也送给他，祝他热情洋溢，并永不回头。

一个献身于艺术的女人

早就听说过圆点女王草间弥生的大名,她现在老了,被人称为"怪婆婆"。很久前在澳门的书店买过一本她的自传,因为是繁体字竖排版,一直懒得看。最近北京天天下雨,逼得我在家里待着,于是翻出了这本书,哪知一看起来就放不下,用了一个晚上时间,终于把它看完了。

这本书吸引人之处在于它充分描写了一个艺术家的自我成长之路,最有共鸣的是她二十八岁的时候终于得以去美国发展,之前她那些年唯一的愿望就是离开日本,因为日本没办法让她成长为一个艺术家。总是在吵架的父母、反对她画画的母亲、封闭保守的氛围,哪一项都让她感觉窒息,更完全不是艺术家能够成长的环境。

刚到纽约的时候,她经常吃不饱穿不暖,有时候整整两天都吃不到东西。她全身心地沉浸在艺术中,从早画到晚。"除了画画以外,我没有任何办法对抗饥饿和寒冷,只能逼自己更努力工作。"在这种境遇下,她原来就不太稳定的精神开始出了问题,常常自己叫救护车去医院，最后连医生都对她熟悉了。这是一种要努力提升自己的心灵高度，接近于灵魂之光的精神，也是所有艺术家都该具有的品德。她在美国经历的嬉皮时代也很有意思，从画家变成了环境雕刻家，在绘画、雕刻、装置、乍现等方面都取得了一定的成功。然而日本对她冷淡依旧。她在纽约时还碰到日本人砸她工作室的玻璃骂她丢人，甚至父母也写信来说周边人都对她感到尴尬。也就是因为她在艺术上的领先，让压抑的日本人无法接受，因而被视为异端。

1975年她回到日本，本打算短期治疗身体，哪知身体状况不允许，她就在日本又住了下来。在医院对面建了自己的工作室，每天奔波在医院和工作室之间。她仍然无法习惯日本，觉得这里的每个人都毫无个性。只有她老家松本让她感觉放松。

她在这本自传里诚实而直接地批评了日本，不光是说日本现在毫无个性，而且还批评日本缺乏现代文化和思想。这样诚实，还不知道要得罪多少人。可见她完全是本着艺术家的精神来写这本书。

在看这本书的过程中，我数度被她的激情和诚实打动。她在写日本的男尊女卑毫无长进时写过一段话："与其被世人的眼光或者是古老的道德束缚，坐以待毙嫁人，女生不如拎个行李箱，要饭也好，露宿也行，用自己喜欢的方式过活。就像我这样。"这段话，我真要抄下来，给我的一些朋友看看，为了过自己想过的生活，是要做出一些牺牲的。然而在目前，有多少人想过自己喜欢的生活，又有多少人知道何种生活是自己所喜欢的？这又是一个严峻的问题。

我为了向她致敬，穿上了一条满是红色圆点的打底裤拍了一张读这本书的照片。封面也是红色圆点，正是草间弥生的代表作之一。

《你好，无聊》

快递送来一本还没上市的书，是个法国90后小孩儿写的，叫《你好，无聊》。

当然这名字会让人一下子就想到萨冈的《你好，忧愁》，实际上小说的原名比这文艺多了，取自赛尔日·甘斯布的一首歌《酒精》。没翻几页，就发现这个叫萨莎·斯佩林的作者文字水平明显在萨冈之上。写的是14岁的事儿，吸毒谈恋爱（同性恋异性恋都有，但真爱是位同性），不好好上学，与父亲关系紧张（他父母的关系很"法国"，曾经是三角恋状态）。整本书很法国，几乎是浪漫的文笔。语言很美，淡淡的讽刺和倦怠，毫无沉重的说教。整个中国都没人写出来！中国太苦大仇深了，哪怕是我自己，也脱不了沉重的现实主义。看完这本书，我几乎有点羡慕作者了。把别人看起来石破天惊的事用云淡风轻的态度写出来，这不是酷是什么？萨冈那代人还是忧愁，到了90后这里，就全是无聊了。

这本书的作者是个诗人，小说里有不少诗歌，放在里面并不突兀。

不知道他是怎么做到的,也许是因为整个小说都是诗般的语言。他不刻薄,也不沾沾自喜,并不自恋,非常诚实。但这跟朴素又无关系。可以说是客观吧,是什么样就是什么样。试问,这能有几个写作人做到?连我自己也做不到。有才的人那么多,有几个人能做到不被才所惑呢?

小说的编辑,曾经翻译过《三十七度二》的胥弋说,这位作者在法国也算是叛逆的,他也同样喜欢《三十七度二》的作者,师承的是美国垮掉派,鄙视新小说,像罗伯特·格里耶什么的。

小说里还对上海有过一段描写,不知道作者是否来过上海。在这段对上海的描写里,最后两个字是"没用"。有趣的是,编辑曾出于护短的心理将上海改为东京,被胥弋又改回来。

一般法国的现代派小说在我看来结构都算散的,由于萨莎·斯佩林喜欢美国作家及美国文化,倒是让我看得毫不费劲——大量的乐队名、大量的歌曲名及一部分电影名,都是我也无比熟悉的。小八卦一枚:作者的妈妈是轰动一时的电影《你好,萨冈》的导演。

实际上,看完整本小说,尤其是最后一章,我倒是觉得行文手法像是俄罗斯作家的范儿了。比如屠格涅夫的《初恋》,都有种悲剧气息,都是单恋,那种年轻人初次爱上某个人所产生的种种迷惑及快乐，或许只能是初恋的感受了。这本书乍一看是本残酷青春小说，实际上还是一本主旨写爱情的小说。整本书实际上是回忆一个夏天。不知道这本书在中国的读者是否会很多，我明白，能欣赏它的人，或许没那么多。

这 堂 课

用了一个礼拜的时间，终于把《这堂课——爱过的人，教我的事》这本书读完。放下书的时候，却忍不住大大叹了口气。

向来都是这样，一个人的传记，尤其是自传，从小写到老的那种，很容易将读者带入到这个人的内心世界及当年的生活环境中去，如果不是这样，这书便不算写得到位。然而这一本，从小时候的调皮、直率的聪明女生的童年，到牛津求学时的疯狂经历（一学期就跟五十名男生上了床），再到在《阁楼》等杂志社及报社工作，最后讲到从丈夫生病引出对婚姻生活的思考，有种让我感觉作者从极爽的生活慢慢步入沉闷及无奈之感。

这本书的前半部分写得嘎巴脆，常常能把我逗笑，她的笔法使我想到一个白羊座的朋友，那朋友不怎么写小说，基本写诗。她们的语言风格很类似，就是直截了当，还特别幽默。比如作者说她爸爸："他最大的恐惧永远是'软弱被动'，而那指的似乎就是任何形式的乐趣。"

第二章的名字叫"成长教育",就是那部同名电影所讲的故事。一个被父母都期盼着上牛津大学的16岁女孩遇到一个花花公子。那个人是个骗子,但又独具魅力,对她不错,带她开眼界,甚至向她求婚。那个年代呢,女人要么上大学,要么结婚,基本上不能兼得。父母居然赞同她嫁人,还说什么既然有人娶,又何必上牛津呢。结果,事情出乎所有人的意料,那个男人居然已经结婚了,还有两个孩子。于是一通忙乱,女孩重新参加了考试,如愿考上了牛津,但这段罗曼史给她一辈子都带来了某种心灵阴影,用一句作者自己的话总结吧,那就是:"我深信,人是无法了解他人的。"如存在主义所说"他人即地狱"。

在大学的日子写得极其直接,我认为一个人有勇气向所有人剖白自己是种极其珍贵的品质。这是种难得的诚实,她不在意暴露自己的内心,不是所有人都能做到这点。然而对于作家或者艺术家来说,这点是必要的。由此我作为读者,也有幸了解到六十年代牛津大学学生们的生活侧面。也是由于那个骗子男朋友,她意识到自己对于人性完全不懂,于是她把大部分精力都用在研究男人上,"我尽可能和男人约会,愈多愈好。我把他们当作新物种来进行谨慎的研究"。那时候她有了真正意义上的一个男朋友,当他们分手之后,失恋的她开始"狂野地大肆和男人发生关系,光是在学校的第二年,就和大概五十个男生上过床"。那是个性解放的年代,作者活得比我们大多数人都要激情万丈啊。

不要被上面那个数字搞得义愤填膺，她已经成长成了一个知识分子，不再是当年虽然聪明但对人情世故一无所知的少女，也不要认为这就是堕落没有好结果，我宁可把这看成是一种社会学现象。于是，她与同样是知识分子的男朋友结婚，并且维持了三十年，直到他去世。她写专栏、采访，拿过五座英国媒体奖，成为英国最传奇的女记者。少女时期碰到花花公子的这堂课结束了吗？也许并没有，正如她所说的"我深信，人是无法了解他人的"，但这就是真实人生，挫折和阴影有时候会促进人思考，让人前行……

一切关乎生命力

和大部分读者一样，我会同时读十本书，哪一本更适合当下的心态，就一口气读完。更多的时候是用几天到几个月时间分散着读完，一般来说，主要集中在纯文学、时政和随笔上，可能是受小时候生活环境影响，我还爱看军事小说。碎片时代，精力难以集中，除非是文笔流畅故事性强的作品才会让人有一口气读完的欲望，比如伊迪丝·华顿的书。

伊迪丝出生于美国上流社会，所以她的作品大多是描写上流社会的婚恋题材。看过她的几本书，每本书的主人公都追求着身心合一的爱情，然而每本都是个悲剧。尤其是《伊坦·弗洛美》，作者自己说了，这是本反高潮的作品。此书灰暗的调子让人看完后半天缓不过来，与两个人相遇所迸发出的火花相比，他们相遇后的悲惨遭遇更是让人难以接受。伊迪丝的作品不给人答案，也没有陀思妥耶夫斯基作品里的宗教救赎，或许正因她来自于上流社会，而上流社会是不屑于大声呼救的，这些爱情和内心自由的追求往往被淹没在日复一日的枯燥然而悠闲的日常生活中。爱情被世俗打败，这是小说的一大永恒主题,而写爱情之火被阶级扑灭,这才是伊迪丝写作的拿手好戏。

看完《纯真年代》,我感觉到的是无限的惆怅;看完《欢乐之家》,我打了一个哆嗦;看完《伊坦·弗洛美》,我简直要愤怒了。伊迪丝的小说里的坏人,也往往有自己的理由,他们集体对纯真的爱情犯了罪,而这些罪人中,也包括追求爱情的男女主人公自己。他们是懦夫,他们冲破不了阶级,他们冲破不了金钱,更冲破不了自己的性格局限。从这个意义上来讲,他们还不如林黛玉勇敢。那是个女权主义还未出现的年代,不妨说他们都被当时的男女不平等所害。

如果说他们从未感受过两颗心灵的碰撞,倒也罢了,然而他们都有幸体会过这种无上的幸福,却无法借此持续下去。从这个意义上来说,他们都是他们社会里的非主流,都被遮蔽了,他们才是被侮辱和被损害的人。

搞笑的是,再版的《欢乐之家》对此书的宣传语是"美国版黄金剩女心灵史",倒也没错,就是粗俗至极。上流社会的苦我们不知道,然而至情至性的心灵是多么容易粉碎,也许我们都有所体会。生命不容等待也不容忍耐,能做到"当自己"需要勇敢,能拥有勇敢的心,也需要勇敢的冲破樊篱的理论支持和生命力啊。

说到生命力,李白的诗就洋溢着无比明朗浩瀚的生命力。用今天的话说,他是自拍型诗人,随时抒发自己的心情,与天地又是那么和谐,两不冲突。李白的影子,也许也就只能在古龙小说里寻着些许了。

世界和平与你无关

这是莫里西（Morrissey）2014年新专辑的名字。歌里唱道：你得交税好好工作。我想这歌是讽刺型作品，在这个并不公平也不平的世界里，世界和平的确和大部分人无关。

年过半百的莫叔还真是老当益壮。这年龄搁中国也就提笼架鸟遛遛狗带带孙子，女的跳广场舞男的跟在女的后面逛菜市场，人家发达资本主义国家的莫叔还在创作，并且依然那么动听那么酷。难不成在英国，五十多也是青春期？或者说人家的老年来得特别晚，特别不把年龄当一回事。绅士之国嘛，看中的是阅历。不像中国乃至东南亚大部分国家，都希望生活一帆风顺，最好是一张白纸，顺顺利利踏踏实实，最好没什么风波没什么动荡，不经历心碎彷徨，甚至没有坎坷没有阴影，用那谁的话说女人最好从父母家的那张自己的小床直接过渡到丈夫家的那张双人床。一个讲究养生的国家，肯定是反感创作的，创作怎么是养生呢？创作可太不养生了。颠三倒四的艺术生活啊，简直是过日子的敌人。

《走出非洲》这样的书，讲的就是一个女人的失去。她失去婚姻，失去在非洲的咖啡园，被迫返回欧洲，回来之前的最后一击是她失去了她的知己——对方飞机失事，永远留在非洲大地。然而在失去的过程中，她一点点建立起真正的自我。"寄希望于生命的重复，是因为他虚度了年华，碌碌无为，了其残生。我的生命啊，我不让你流逝，除非赐福于我，而一旦得到你赐予的福气，我自当任你远去。"

不知道有多少人被她的书吸引，又有多少人因此迷上了非洲。然而肯定也有更多的人，觉得这样的生活无意义，因为她的结局是失败的，她并没有得到更多的金钱或物质的利益。许多鸡汤教导人要安稳生活，别折腾，no zuo no die。然而，自杀的安娜·卡列尼娜的心灵到达的深度，是许多一辈子只求安稳的人没有达到的；包法利夫人再惨再虚荣，灵魂深处也闹过革命，这也比一辈子麻木的人要强。至于一个出走的娜拉，强过一百万个在大宅却过着精神低保生活的人。我知道这都不是多数人赞许的生活方式，然而人总是可以选择生活方式，只要能接受它需要承受的代价。

最近我发现，归根结底，所有的书讲的都是生活方式。

世界和平与你无关。你的生活与你有关。就是这样。

听上去就很遥远

加尔各答　　　　　　还思考这个

锡金　　　　　　　　人类永恒的

尼泊尔　　　　　　　疑问

他想带我去这三个地方　我要去一个地方

度蜜月　　　　　　　不属于亚洲

我上网一查　　　　　不属于欧洲

锡金　　　　　　　　文化可以略少，风景必须优美

"曾经是中国的领土，后被英国所　我会彻底放松

占，现在属于印度"　在蓝天白云下

政治含义太复杂了　　在海滩

我不能去这里　　　　那里最好

如果我去了那里　　　不能随随便便就去

我会思考我是谁　　　最好听上去

我不想在蜜月的时候　就很谣远

——《蜜月》　2013.2.18

在 正 确 的 地 方

可能我在选人方面总是看错人看走眼,这点能从我以前写的推特里面证明,我在原来的推特里写过"瞎了我的狗眼,我又看错人了"……但我永远都能选择正确的地方。是的,这也是一种能力,一种关于审美的能力。

Where Is My Mind 里唱:我曾经在加勒比海里游泳……我用这首歌当作我婚礼的出场曲,因为喜欢《格斗俱乐部》这部电影,这首歌也是这部电影的片尾曲。两个人拉着手,眼前的大楼开始爆炸,随后,他们的那座也开始倒塌。有些令人毛骨悚然的温情、摧枯拉朽的爱情、让我每次看都恨不得热泪盈眶的激情。

现在我也实现了这个梦想。傍晚时,我们在加勒比的大海里游泳,天上的云那么美,三面是海一面是绿色的山,我被温柔的海水包围着,感受着阳光和微风,我肯定是在笑着,这就是梦想实现时的笑容吧。这是我的蜜月,接下来我们还会有一个半月的欧洲之行,包括我青春期讨厌现在又重新喜欢上的巴黎,还有我一直都很喜欢的柏林、我从来没有去过的布鲁塞尔和阿姆斯特丹。这么长的一段可以清空负面感受、重新拥抱美和文化的时间,我还为自己安排了要去德国湖边裸泳,要再次去帐篷区露营,还要重新去那些我曾经去过却没好好感受过的博物馆。

我要去大量的咖啡馆,我要走遍那些大街小巷,我还要去小电影院看艺术片,即使看不懂也没有关系。我不懂法语,这并不妨碍我去看法国电影。我相信我是能明白那些剧情、那些情绪和电影语言的。

在正确的地方,要做正确的事。在法属加勒比某海岛,我要一杯一杯喝朗姆酒,这里生产朗姆酒。我要每天都写诗,我要充分体验生活,汲取不同文化带给我的活力,我还要把那几本带来的书看完,包括契诃夫的短篇小说集、三岛由纪夫的《爱的饥渴》、约瑟夫·海勒的《第二十二条军规》和普鲁斯特的《在斯万家那边》……

对于长时间的旅游,一个爱看书的人身边一定要有自己喜欢的书,这是幸福的保证,重要程度不亚于防晒霜。

在 岛 上

一座岛就像一座监狱，四周都是大海，无边的海浪让人忧伤，情不自禁想逃跑。住在岛上恰如住在一座监狱，或豪华或简朴，总会生出逃跑的念头。

突然从网上看到诗人朋友乌青出了本小说集，叫《逃跑家》，只看到名字就勾起我好奇的念头。等回到北京，肯定要买一本，看一看一个逃跑家的故事。

而那时我还正在土耳其的岛上，耳边听闻的是各种虫鸣和宾馆楼下不知道哪些人发出的笑声，偶尔有汽车驶过的声音。白天干燥炙热，夜晚清凉舒爽。自从来到这里，每天都是晴天，比起风雨交加的爱丁堡简直像另一个世界。我们住的岛属于爱琴海岛屿，人烟稀少，有不少部队营地。据说以前整座岛都驻扎着军队，十年前刚刚对游客开放。

我们住的，是某个在山坡上用石头建成的宾馆，与周边环境和附近的小旅社比起来，它的确算得上是豪华了。这有点令我反胃，它太舒服，太人工雕琢，房间也过于现代化了，没什么人情味儿，也看不出来什么特色。楼下有个很小的游泳池，像个洗手池。唯一的优点就是吃的东西做得特别好。我去镇上的饭馆吃过几次，味道都不如自己住的这家宾馆。主人是两个男同性恋，特别热情，常常跟顾客聊天。服务员们简直无可挑剔，即使他们的英语并不好。

坐在镇上的咖啡馆外面的椅子上，看到有德国和布鲁塞尔的车牌的车开过。也是来此旅游的游客。

水果异常鲜美。甘甜可口。我最喜欢吃的是大个的黑莓，还有一点也不酸的甜杏。

有天傍晚，我们漫步走向山顶，去寻找奥斯曼帝国曾留下的城堡遗迹，突然看到一片大海。海对面的岛，应该属于希腊。那时月亮已从山后升起，一面是大海，一面是即将满月的圆月。一面土耳其国旗猎猎吹响，有些荒凉，然而不远处就有几个帐篷搭建的咖啡馆，因而生活与自然的关系并非那么二元对立。

在这个岛上的生活太像度假了。又来到一个跟我们老家差不多的地方，就是人没那么多。自然景致是种很荒芜的美，导致我时常失语，大脑也常一片空白，只好望着山发呆。远离各种人际关系，远离都市（其实还是挺想的），远离报纸杂志书籍（旅游书上早说了要带书和杂志，这里很难买到）。每天醒了就到楼下游泳池先来几圈，然后晒太阳喝咖啡，然后再来两圈。傍晚就到这里唯一的镇上喝杯茶买点水果，爬山或下海，揽镜自照，我自己都觉得年轻了不少。

半夜我坐在三楼房间的小阳台上，抽着烟，耳边是虫鸣，看着月光下不远处的那些山脉，过去的一切都似乎离我远去。过去的不必再纠缠和留恋。而与此同时，过去的一切又常浮现在我面前，就像从来没忘记般清晰。或许这是某种困局：一座岛令居住的游客们清醒，同时又变得无比懒惰。

猫　国

下午，按着 Lonely Planet 的介绍，去找伊斯坦布尔的某家时尚服装店，爬了半天山坡，被烈日晒得又渴又累的我终于一屁股坐在了第一个我看到的咖啡馆门口——真不想起来了。虽说当时已经是下午五点半了，但阳光依然炙热，而那家店介绍里说晚上七点就关门——那也不想起来……

看着咖啡馆里放着的咖啡粉，我终于放心大胆地点了一杯拿铁。这可是我来伊斯坦布尔后喝的第一杯拿铁，前几天在岛上的时候也一直点黑咖啡加一杯奶，自己混，至少知道里面是怎么个构成。来到伊斯坦布尔后也不敢点，因为小饭馆里基本上都只有土耳其咖啡，就是那种很浓的，带咖啡渣的咖啡，服务员还会问一下甜度，是少甜还是中甜，有回我以为他是问我是小杯还是中杯，于是说中杯，结果上来一杯"中甜"，一喝，甜死了，真是把我喝伤了。

刚坐下没多久，就有一只黄白相间的小猫凑了过来。它盯着我的腿，作跃跃欲试状，于是我拍了拍自己的肚子，意思是上来吧。它腿一蹬，没上来。又一蹬，还没上来。我干脆自己把它拎上来了。它坐在我肚子上，开始舔我的裙子。可能是示好，也可能是饿了。很快，我的裙子都被它舔湿了一大块。这让我想到我家 Caesar 小时候也特别喜欢趴在我肚子上睡觉，有时候它会舔我胳膊，但从来不舔我衣服。它就这么趴着，我用手摸它的脑袋，摸它的毛。附近也有一只胖猫走了过来，一看就吃得比较好。我揪了点苹果派给这些小猫，它们完全不为所动。

后来我还是走了，临走之前我去咖啡馆的洗手间换了条裙子。小猫不让我走，趴在我换掉的裙子上又开始舔。我简直是带着负罪感走的，好在我知道这里的猫都很安全，而且，很多。

另外，那家服装店已经改了地址，这是后来上网查出来的，而且营业时间也延长至晚九点。这让我想到一个笑话：我原来去南非还是哪儿的时候，按图索骥找饭馆，结果当地人跟我说这里面介绍的五家饭馆起码有两家已经搬家了。

在伊斯坦布尔这几天，看到无数只猫，许多猫都有人喂，咖啡馆的老板啊，或者是饭馆的老板、旅馆的老板，等等。清真寺也有许多猫，基本都无忧无虑，憨态可掬。给我留下很深印象的还有一只在蓝色清真寺旁边活动的酷似"希特勒"的黑白混合猫，半个下巴是黑色的。给它拍了张它正在吃猫粮的照片，结果放大一看，整个下巴变成了血红色，不知道原来就是这颜色还是打架受伤了。配上它正在吃东西时的凶猛的眼神，还真是有点吓人。

我们的小旅馆楼下有只长得像Caesar的猫，行话叫"黑猫警长"，倒是惹人怜爱。我坐在路边跟它玩了一会儿就喜欢上了它。第二天第三天都没有看到它，心里还挺惦记。第四天的时候，终于看到了它，当时我都快哭了。赶紧买了一包喂猫的香肠，它却又溜走了。于是我只好把香肠扔到它溜走的铁门内，其他几只猫则闻着香味儿跑来了。

伦 敦 二 三 笔

一、吃

来伦敦之前就在杂志上看到过这里吃的很贵,"吃掉 Burberry",意思是一趟旅行下来吃饭的钱简直跟买一件 Burberry 风衣的价格差不多。我觉得他们有点大惊小怪了,但现在看来,这完全是实事求是嘛。普通的饭馆前菜就相当于人民币四五十,一道主菜都相当于一百多,吃顿好的确实挺花钱的。幸好来英国后头一个星期,几乎都在农村,吃得不错也有人请客,自己没有体会到钱包大出血的感觉。

一到了伦敦,我发现我突然开始想吃中餐了,西餐虽然好,但哪里有中餐那种层次丰富的口感。我想起那家需要排队很久但是味道很好的重庆小饭馆,里面的那道麻辣虾,还有担担面,我连楼下包子铺的包子都开始怀念……必须要吃点中餐了。于是大半夜坐公共汽车冲到唐人街,随便找了一家还开着门的饭馆,一落座,迫不及待地看起菜单。怎么,我最想吃的麻婆豆腐卖9.5镑?相当于95块人民币？这……这价格……好吧，我忍了，不吃了。烤鸭相当于200块钱，这也不能点。那就要碗带馄饨的汤面吧。上菜之后发现这是速冻馄饨，唉，没办法，将就吃吧。好歹是中餐啊。

我的胃比我的心更快地回到了中国。这要是原来十七八岁，肯定吃嘛嘛香，那时候我就觉得汉堡包好吃，比家里的饭香。现在觉得什么也没家里的饭好吃。

二、酒

周末，街上一丛丛一簇簇走着的年轻人，感觉伦敦简直比北京还要拥挤，人口密度还要高。他们中间有许多已经是醉意阑珊。他们边走边闹，有些在跳上公共汽车后还兀自笑闹。车厢里的人除了抛个白眼也没更多的表示，看来早已见怪不怪。还有些喝多了的女人在路边冲过路的人脱衣露乳，好像也算是酒后疯狂一把的传统之一。这里的人太爱喝酒，或许是过于压抑的天性只能在酒后释放，或许是不擅社交需要酒精来润滑一下话题，总之这是个需要酒精的国家，没喝酒之前跟喝了以后表现出的是两种截然不同的状态。

三、去参观故居

7月23号正好是英国女歌手艾米·怀恩豪斯去世一周年，我正好在那天决定去她的故居看看。她曾经居住过的住所，外面狗仔队架了几个三脚架，还有一个歌迷用收音机一直在放着她的音乐，树上还钉着不少鲜花和歌迷留言。不远处坐着几个酒鬼，看到有人来就大喊"让她一个人待着""滚蛋"之类的话。我在她的住所前默默站了一会儿，想象着她曾经在这所房子里出入，然而伊人已逝，这里已经再也没有什么未来可言，据说房子也已转手卖人。生命是脆弱的，然而她还是死得太早。不管是她对生命感到厌倦的主动赴死还是一场被动的意外，她都不应该在如此年轻的时候死掉。她的音乐才华并未完全发挥，这样的死亡也许是场与生活的失败的斗争，结局令人唏嘘。

环岛小旅行

台北　送我桂花香

台北完全不像大都市，在这里我常常都感觉我的气质太都市了，北京的节奏比台北要快得多，当然也要浮躁得多……台北有许多小街巷会让我想起澳门，都有种有历史的破败感。台北是座非常适合生活，然而却看上去不够美的城市。它唯一的败笔是建筑。好像是舒国治说过吧，台北对外来游客来说，不是一座容易逛的城市，它有许多有趣的东西都在犄角旮旯。在信息爆炸的时代，想在陌生的城市提炼出必须要逛的几个地方，还是不容易的。我在纽约的布鲁克林和伊斯坦布尔都遇到过这个问题，按照旅行书上推荐的小店找过去，结果却很失望。又浪费时间，又浪费体力。这也是没有办法的事，失望总是会发生的，在这寻找的过程里也许会看到别的惊喜呢。

第一个白天，我联系上了在台北上学的北京女生郭坏。这是我们第二次见面。经她提醒，我才想起来我们曾经在北大的大讲堂见过一面，但我忘了是当年大江健三郎来北京讲演那一次，还是我上台读诗那一次。他乡遇故知，真是件幸事。我坐上她骑的小摩托车，一起去师大旁边吃饭。然后我们一路去了些景点儿，比如自由广场、牯岭街和二二八和平纪念公园。台北还是挺冷的，我感冒未愈，真是又冷又难受，行李又带错，全带的是短裙短裤短T恤。在路边小店，我买了一件厚实的毛衣，立刻穿进风衣里，连店员都被逗笑了，她说我穿得也太多了吧。我跟她说在北京我都未必穿这么多，北京有暖气啊。有暖气是件多么重要的事啊。到了台湾，我不但穿着厚毛衣，还穿了从便利店紧急买来的"保暖裤"，又名"发热裤"，其实就是紧身点的秋裤啦。

我说想去一个浪漫点儿的咖啡馆或酒吧，郭坏说有一个地方很好，叫"二条通"。我们在蜘蛛网般的小巷子里迷了路，查了手机地图又问了人才找到这个地方。一看果然很妙，还保留着日据时期的装修风格。环境一流，院里绿树掩映，要不是天气冷，真想坐在院里待着啊。当咖啡端上来我才发现，我点的这杯拿铁味道一般般。

台北的第二天出现了久违的阳光，看到阳光我都要欢呼了。保尔的朋友小伟给我打电话，问我下午有没有什么安排。我说没有，正发愁呢，他说他老婆在101附近的四四南村摆摊，那里有个市集，让我一起来玩。正好，这也算满足了个心愿。我一直想去眷村看看的。朱天心在《想我眷村的兄弟们》的新版序里写道："一言蔽之，眷村即一九四九年随国民党政府来台湾的中下级军人的独立封闭社区，他们大多在台湾娶了本地女子，并陆续有了第二代如我。"眷村现在已经不在了，留下了一个眷村博物馆。

这里的创意市集和南锣鼓巷差不多，摆摊卖东西。阳光这么好，和小伟的老婆及家人打完招呼，我说要自己逛逛。找了片草地，果断躺倒。闭眼休息了一会儿，感觉有点渴，就到小店里买了一杯名为"树葡萄"的饮料，拿出来找了块阴凉地儿，喝饮料发呆。周围的人多起来了，有情侣、学生，三五成群，还有打闹嬉戏的小孩子，像我这样一个人待着的比较少。

午餐小伟请我去101旁边的鼎泰丰吃饭。这里平时人满为患，也算是一家很有代表性的餐馆了，舒国治在《台北小吃》里也介绍过这家馆子。我们点了牛肉面、蟹粉小笼包、鸡汤，以豆沙馅的甜点作为完美的结束。

下午，我们去了松山烟厂文创园，一通瞎逛。那里正有几个展，我看展时发现几个熟悉的东西，比如手枪型花瓶、兔子灯、AK47造型的台灯等。后又去诚品，逛得眼花缭乱，也毫无购物欲了，只想赶紧回酒店房间休息一下。这也是我最想家的时刻，突然我开始想北京，想我的朋友们。

我在酒店楼下的711买了关东煮、茶叶蛋、一包保尔极力推荐的"统一葱烧牛肉面"和一杯奶茶当晚餐。回到房间，吃了几口关东煮，我打开了方便面，当场惊呆了，原来里面有一个比大陆调味包大起码五倍的肉包！怪不得保尔让我无论如何都要买一包吃吃看呢。

吃饱了，我也该思考一下接下来该怎么办了。在陌生的地方我总是感觉慌张，缺乏一个人探索的勇气和热情，总是需要有人陪伴。在好不容易来了的台湾也是，我恨不得立刻出现几个地陪，然而我在台湾认识的朋友有限，不可能24小时陪我。真奇怪，以前那么多国家和地区我是怎么去的呢？原来我是个根本不在乎风景的人，我只在乎与谁在一起。单纯的风景对我来说根本不重要。然而我能不能适应陌生的环境呢？以前第一次去美国的时候也是自己一个人，经常坐错地铁，经常迷路，现在回忆起来不也是很美好吗？过程必须一个人体验，才能记得住，如果一切都有人安排，那也只是道程序罢了。

我打算到楼下抽烟，风吹来一股桂花香。我同时想到了琼瑶在《烟雨濛濛》里提起"台湾桂花开的季节特别长，妈就最喜欢桂花"。还记起白先勇在小说里写到过"一排齐胸的桂花，钱夫人一踏上露台，一阵桂花的浓香便侵袭过来了"。我大口地呼吸着发甜的空气，北京是没有桂花的，我得多闻闻这从书中穿越出来的桂花香，当初正是这些书中的文字让我对台湾好奇又憧憬啊。

信步走着，居然还看到一片废地上长出一大片芦苇。已经是半夜了，街上没什么人，台北又非常安全，我完全可以随意走，直到累为止。

回来后，我决定好了去垦丁。保尔说他给我安排了两个双胞胎的冲浪兄弟，到了那里他们可以带我玩儿。我查了查路线，上网预订了去左营的高铁票。

在台北的第三天，起床退房，外面又是阴沉沉的天。这就是亚热带季风气候，即使头天晚上月朗星稀，第二天依然有可能阴云密布。在酒店大堂存了行李，去旁边的711便利店取了些现金，交了在网站上预订高铁的票钱。台湾的711简直是万能的，什么事都能干，取钱交费寄快递，买咖啡买奶茶（这里的咖啡不是速溶的，性价比挺高），免费WIFI（这点很重要，台湾不像大陆到处是免费WIFI），还有几张桌椅，常看到我酒店楼下的711有学生在里面写作业，有天晚上我也在这里写了篇稿子。

本想中午就凑合在711吃点东西，结果昨天没约上的一个北京的朋友发微信来，他和三个人正在吃饭，说让我来喝一杯再坐火车。一看地址，离火车站也不远，正好这几天我也闲得够呛，立刻决定了打车去找他们。可算说了几句铿锵有力的普通话，见到了家乡人儿。喝了两杯啤酒后，我告别离开。台北的出租车司机都很不错，性格好,永远不忘记说"谢谢""再见",愿意和你聊天,下车时还会提醒你别忘了带行李。

台北　本来是愤青

终于来到文艺青年必去之地,24小时开放的诚品书店敦南店。进去的时候我终于看到有人穿马丁靴了,这可是我第一次在台湾看到有人穿马丁靴哦。果然出现在该出现的地方。

无数次从别人的文章里看过诚品的名字,许多次想象自己有一天也站在里面,当终于真的亲自来到诚品的时候,我毫无激动之情——等待的时间够久,久到我已经学会了淡定。已经去过许多个地方了,少了那种最初的新鲜感。正如西门汀让我想起首尔的明洞,台北的街道也时不常地让我想起澳门,甚至是上海的某些区域。而台北市政府的节约环保政策,使得路灯都比较昏暗,建筑物也不随便装饰照明,朋友说有时候开车都看不清路牌。这种比较昏黄的灯光有些像北京的胡同。像北京、上海、广州等大城市的灯光都打得毫无节制,甚至桥下、河边都打上彩色的灯管,除了让人有种安全感及都市感以外,是否也应该学习台湾的节能环保?有些楼层整夜都亮着灯,里面却空无一人,不知道这又会浪费多少资源?

回来接着说诚品书店。在迅速浏览了一番我感兴趣的书之后,我锁定了其中几本，一本是《本来是愤青》，书封介绍是："是什么让一个台湾年轻医生，千里迢迢跑到秘鲁的贫民区办学校？又是什么样的坚持，面对利用志工赚钱的黑心组织，他不惜'吹掉重练'，也要捍卫理念？"果然够吸引。我喜欢看这类题材，一个人的一生有许多可能，年轻的时候出国当义工在台湾香港应该是普遍深入人心的选择吧。这点大陆的年轻人就需要加强心怀世界的理念，培养一种要帮助他人帮助弱小的观念，也是成为国际型精英和人才必不可少的一部分。

还有一本书是《我是马拉拉》，是诺贝尔和平奖创设以来最年轻的候选者马拉拉的传记。"当巴基斯坦反政府游击组织塔利班控制了史瓦特这个小村庄时，一个女孩挺身而出。马拉拉·优素福·扎伊拒绝沉默，并为她受教育的权利而奋战。"

还有一本书同样吸引了我的眼球，《特战绿扁帽：成为美军反恐指挥官的华裔小子》，很厚的一本，同样是精彩的、很难被其他人复制的人生。我喜欢看这种与众不同的人生故事，这种书讲述的人生都是平凡人能达到的最高境界，这样的人生充分发挥出生命的精彩！

当然，还有许多本书都让我想拿起来翻阅。你知道，台湾书很沉，尤其是作为旅客，我可不想行李超重。而且台湾书的定价比大陆书要贵很多，随便买几本就要花上一笔钱，而我平时挣的是大陆的版税，都快要穷成狗了……书店里有不少人就坐在地上，比如台阶上啊，或者随便歪在书架之间，只要不打扰别人就好。每个人手里都捧着书，看了让我好感动。于是我也找了个地方，把书包放在地上，脱下厚重的外套，舒服地伸直腿，认真看起其中一本书。

垦丁　背包客

坐在高铁上，看着窗外的风景，火车不时穿过隧道，窗外的风景变化不太大，比大陆的大好河山的壮美差远了。云彩倒是很美。突如其来的自由感涌遍全身。没有任何负累，想走就走，喜欢哪儿就去哪儿，感受新鲜的冲击和活力，这是日常生活所做不到的啊。

到了左营站，双胞胎兄弟约的司机来接我，他叫 Boss。我运气真的很好，这次就我一个人坐车，他还跟我分享了他的手机网络，让我可以一边看风景一边拍照，甚至同时传到朋友圈里。一路上给我讲解路边不同种类的树木，这一片是艳子荆，那一片是黄金雨，还有一片叫阿勃勒，还指给我看地里的农作物。如果不是他说，我都不知道凤梨是长在地里而不是树上。在路边，他请我吃包子和当地特产水果莲雾，这是一种我从来没有吃过的水果，在台湾很常见，这里就是莲雾的产地。南部人果然比较热情实在接地气。

到了垦丁就一切爽起来了，首先是宜人的天气和海边的美景，已是傍晚，天上的云彩绚烂多姿。从桃园移居过来喜欢冲浪的哥们后梁，带我来到路边的一家酒吧，他说这里喝酒很爽，绝对不像在酒吧里喝酒那种感觉。在他的建议下，我点了一杯莫吉托，这是这家酒吧的招牌酒。后梁介绍说这酒里放的甘蔗都是店主父母种的，薄荷是店主自己种的，整杯酒费时费力，整整一大杯，折合人民币七十块，一喝果然味道十足，是我喝过最好喝的莫吉托！后梁说他刚从四川、云南和尼泊尔背包旅行回来，历时两个月，还走到了珠峰大本营。

旅行的意义，就是与各种不同类型的人相遇，互相交流中碰撞出火花和灵感，顺便思考自己的人生，也对未来能有个新的打算和规划。如果不是这样随行随走，怎么能遇到这么多背包客，听到这么多故事呢。我在想我要不要下回也当一个真正的背包客呢。这次还是拎行李箱的，下次就真的背登山包住青旅，错过了18岁出门旅行，不要再等到38岁了。在旅行的过程中再次激发出下一次旅行的决心，这是不是也是旅行的意义呢？

曾经我是一个讨厌背包旅行的人，我特好逸恶劳好吃懒做，出国或者去外地基本就是住标准间，去一个咖啡馆，见见当地朋友，吃吃当地饭馆就已经心满意足了。别人提起西藏行，我都毫无兴趣，不明白为什么去了趟西藏就洗涤了灵魂找到了自我。更别提什么尼泊尔了，那不是苦旅吗？我又不是一个吃得了苦的主儿。

结果我这个观念到了台湾居然被破了。首先接待我的保尔就喜欢背包旅行，我没去过的地方他都去过，什么地方偏他去什么地方。他介绍我去垦丁，开冲浪学校的两兄弟后梁和后成都去过四川、云南和尼泊尔，背包游，历时两个月。他们说他们在雪山下默默流泪，爱上了雪山和壮阔的风光，并为香格里拉的大火忧虑不已。在背包游的途中他们住着国际青旅，回台湾后就惦记着开一家像大陆那样的比较有特色的青旅，因为台湾没有真正意义上的青旅，据说是因为台湾的面积比较小的缘故。听着他们讲旅行途中的见闻，看着他们还正在开工的"彩虹冲浪"青旅，我不禁也动了要背包旅行的心。三大俗嘛：丽江开客栈、城里开咖啡馆、骑车去西藏，我现在终于理解了。

双胞胎中的哥哥后梁第一天陪我，在他的推荐下我住了一家垦丁街上比较有特色的旅馆。其中有一间超豪华房间，带大浴缸，可惜一个人住实在是太浪费了金钱也浪费了感情。我选择了另外一间很大的双人床房间，小阳台正对着大街，一天大概人民币四百元。台湾住宿都不便宜，同等条件下要比大陆贵至少30%，好在现在是垦丁的旅行淡季，否则这个价格真的没法住到这种条件的房间。

垦丁　太平洋的风

第二天，双胞胎兄弟的弟弟后成陪我逛，他对垦丁一带的景点都熟,平时除了当冲浪教练也做导游。

在垦丁的海边,听着太平洋的风,看着湛蓝的大海,我想起我曾在青岛的海边游玩过,也曾漫步过美国西海岸的海边,这都同属同一片太平洋。只是我们又是那么不同,我们的生活环境、我们受的教育、我们身边的朋友……我又一次想起《本来是愤青》这本书。

后成跟我讲为什么岛上的年轻人在反核,台湾已经有三座核电站,现在在建第四座,岛内人民恐惧核泄漏,尤其在2011年日本因受海啸和强震的双重打击而深陷核泄漏危机后。反核团体认为,台湾同样处于活跃地震带,4座核电厂附近都有断层,若台湾遇到超过7级的强震,核电站恐难逃一劫,而核废料也没处扔。

说真的,这事儿我真的是来到台湾以后才开始思考的,之前真的没想过。看到这一路都有人在反核,我首先就很茫然,为什么要反核?为什么他们有这么大的热情来反核?该怎么解决这个问题呢?想到《私人订制》结尾处向大自然道歉的段落,我的心情有些沉重。中国这么大也经不起这样摧残。

晚上,店里来了一个新面孔,旁边放着一个登山包。他是澳门85后,在台湾上学,来垦丁玩。和他们一样,他也是个背包族。晚上我们一起去吃饭,他们带我去了一家信基督教的阿姨开的餐厅。这里的特色是吃完后顾客随便付钱,多少都无所谓。你觉得值多少就给多少好了。澳门85后一路分享着他的旅行经历,我给他取名为"性本善",因为他一直在说所有的人都是好人……

从饭馆回来后,我们聚在地板已经铺好的大厅里聊天,喝酒。为了让我体验一下台湾蓝领工人的特色,后梁跑出去买了两种味道不同的槟榔还有保力达,说干苦力的工作经常边吃槟榔边喝保力达。

音箱里放着宋冬野的歌:"爱上一匹野马,可我家里没有草原……"第一次听这首歌,居然是在垦丁!他们都很喜欢宋冬野,说听他的歌以为是个四十多岁的老男人,嗓音很成熟,没想到真人这么年轻。

我给他们放大陆的乐队,脑浊、Joyside、Rustic、吴极,当然还有崔健,我为大陆摇滚乐而感到自豪,这么百花齐放,台湾真的是做不到。

又聊起淘宝。后梁说他在淘宝买东西,对方说现在寄不到台湾,还说:"兄弟,等中国统一的时候我送你一个。"

"真的假的?"

"真的啊，他就是这么说的啊。"

下一站该去哪儿？按原计划返回台北然后坐飞机回北京，还是接着探索？在垦丁度过了两天美好的时光，接上了地气儿，我决定不按照原计划回台北了。既来了台湾，不如顺便去一下台东，听说那里是台湾的后花园，还因为第一个晚上在桃园时，一个陌生人跟我说"我看你像台东来的耶"。没去过台东，怎么能说去过台湾！说干就干，我上网取消了在台北预订的旅馆（赔了第一天的房费），去711便利店取消了回台北的车票（特方便，柜台扣除手续费后直接退还了现金）。

依依不舍地告别了两兄弟和"性本善"，还有笑起来特甜的"二二"，我坐小巴来到枋寮火车站。这里明显穷了一些，本土化了一些。买了一张无座车票，在门口抽了支烟，然后觉得应该吃点东西，就拎着包，看到一家店里面坐着两个女中学生，觉得应该是当地人会吃的那种馆子。在门口，点了猪脚饭和花枝丸汤。刚要掏钱，老阿姨说不用急，吃完出来再付就好。猪脚饭不错，加上辣椒味道更好。汤淡而无味，好在有青菜，为补充维生素也强迫自己吃了。在饭馆里被蚊子咬了几个包，这下在台北超市里买到的清凉油终于用上了。

一路无座，我蜷缩在车厢的入口处，这种感觉很棒啊，一路摇摇晃晃，坐到了台东。好久没坐无座绿皮火车了，没想到在台湾居然又感受到了这种缓慢古老的情调。

台东　精神病院

后成介绍我住到一家还未正式营业的客栈，改装自原来铁路工人的宿舍，取名为"台东老宿舍"。店主和后成是朋友，也是原住民。她骑摩托车带我认识了周围地形，不远处就是台东铁花村和诚品书店台东店，还介绍我去一家名为"天马咖啡厅"的咖啡店。我点了一杯"小红莓"拿铁，真是我喝过的最好喝的咖啡了。店主说他曾在北京待过，我说北京没有什么能做出好咖啡的咖啡店，他说是啊。

我一个人独享一家客栈，白天很爽，无人打扰，想看书看书，想抽烟抽烟，晚上躺下就发现问题来了。台东的风大得让人睡不着，老房子隔音又差。刚睡着没多久，居然发现房子开始摇晃，我被摇醒了，有几秒钟我怀疑地震了，想穿衣服冲出去又觉得冷。早晨迷迷糊糊中听到外面不时传来轰鸣，醒来一问，原来是轰炸机演习的声音。而且我没怀疑错，昨晚确实地震了。第二晚我差点吓尿了，窗外风声呼啸，四周又黑成一片。一个人住在只有一个人的旅店，有点瘆得慌。

出来玩，不能没有人交流。幸好保尔又介绍我另外一家旅社，位于都兰糖厂旁边的"好的窝"。老板说她正好在台东市内，晚上可以来接我。

在等待的时间内，我决定去按摩。这两天没睡好，醒来后腰酸背痛，我必须要慰问自己一下。正好这两天逛街时发现马路对面小巷子里有一家 Aveda 美容美发厅可以按摩。我买过这个牌子的护发产品，知道它还不错。一看价格表，70分钟的精油按摩大概人民币四五百，有些贵，但管不了这么多了，再不放松一下我要死了。按摩小姐带我上了二楼，给我时间让我淋浴，所有产品都是 Aveda，味道很不错。待我换上浴袍，她让我趴下，闻了三种味道的精油，让我从中选出喜欢的那种。我选择了一种，她说怪不得，你正好需要啊，这是薰衣草精油。当时我真的累晕了，完全没闻出来什么跟什么，只是凭本能感觉选择了这一种。她一边按摩一边很亲切地跟我说：我看你真是太累了，虽然你的工作让你可以自由地出来玩，但这么紧绷这么有压力也很不值得啊，你应该学会放松噢……我当时眼泪都快下来了，是啊，我真的要学会放松。这十多年时间，这么累是为了谁？主要是心理上的压力太大了啊，再这样下去不等成功就要被黑暗的负能量吞噬了。

那段按摩的时光真是仿佛在天堂，她的手法温柔又有力道，屋里温度适宜，再加上她说话轻声细语，太享受了，我差一点就要睡着了。

还没按完,"好的窝"老板 Homi 就已经到了。于是我只好恋恋不舍地穿好衣服,回味无穷地离开了美容院。幸好我没浪费时间,原来车上不止老板一个人,还有两个老人家和另外一个中年人,Homi 介绍说这两个老人家是诗人,今天她老公,也就是坐在我旁边的音乐人达卡闹请来录音的。我连忙道歉。达卡闹一听说我来自北京,说话立刻带上了儿话音,可惜每一句都是错的,我哭笑不得,没好意思指出来。

"好的窝"走出去五分钟就能看到大海。这是家很文艺的店,我在北京写乐评的朋友曾经住过这里。一到这里我就感觉气氛对了,都是文艺老中青,围着炉火吃着烤玉米抽着烟喝着威士忌,聊着各种文化、社会加八卦话题,心立马打开了。

Homi 说,都兰被称为精神病疗养院,来这里的都是三失人员:失业、失心、失恋。艺术家比狗多。

而几天后,我将离开这里,回台北,再去桃园坐飞机回北京。这真是一趟环岛的纯旅行,随性至极。最大的收获,莫过于通过台湾青年的讲述,我再次爱上了我国的大好河山。下回真的要背起背包,开始我的背包客生涯了!

在"好的窝"住了两天,头一天晚饭是在店里吃的。这里每天从下午开始,就有当地的艺术家们陆续过来打卡聊天,每个人都特别逗。第二晚,"好的窝"的管家和我一起共进了一顿晚餐。我们走出村头小路,边走边聊天。他是台大中文系毕业的,来到都兰已经六年了,我问他在这里会不会无聊,想不想台北。他坚决地回答说:"不想!完全不想!"

我们选了家普通小店,点了肉臊饭和山药排骨汤。店老板居然是昆虫学博士,墙上挂着他在各地捕捉到的昆虫标本。都兰,果然藏龙卧虎。

晚上他放电影,让我选片,我选了《低俗小说》。

在都兰的第三天晚上,我又换到另外一家客栈,名为"小客栈",还没有正式营业,只有我一个客人。这里是日式设计,几间小平房加前后的院子,简简单单,每个小细节都能看出店主的才能,比如她把普通的扫帚拆开,打造成灯饰,把大通铺边上加了一条荧光条,这样住客就不会半夜起床上厕所的时候摔到地上。她还在院里种菜。当我问她该如何给她住宿费的时候,她说让我把钱放到冰箱里的铁盒里。

她同时还是位美女,长得像舒淇,原来在台北做广告业,也当过平面模特，后来受不了台北了，就移居到都兰生活。据她说，在这里过得犹如天堂。这个晚上我又是这里唯一的客人，这次我不再害怕了，胆量都是锻炼出来的。这家客栈就在路边，进出也相当方便。

她带我看小客栈的设施，说整个厨房都归我随意使用。锅碗瓢盆咖啡机，什么都有。半夜我开始饿起来，跑去厨房，打开冰箱，大眼瞪小眼，果断决定去711。

夜里，烤着篝火，看着星空与月亮，一个人独享这么美好的时光，简直不可思议。

而我离开的那天，阳光灿烂。

我和Homi一起坐飞机，飞到了台北，开始了我在台北的有趣经历，有关于城市生活的那一部分。

重返台北　太平洋内外的董小姐和我们

车离开山路，在高速路上疾驶，我们分别取了根烟，我给正在开车的保尔点上火儿。刚才我们还在山上"美丽的精神病患"家里喝酒聊天听音乐，现在我们要开回桃园县，明天下午我得坐飞机回北京。

"美丽的精神病患"住在台北附近的山上,他自言讨厌城市,想离大自然近一些。也许他受卢梭影响吧,主张回到自然淳朴的天真状态里去。他家里有一种我从来没喝过的酒,透明无色,名"龙眼花",是他的房东送给他的。喝起来有种独特的香味,一小口一小口抿,味道迷人,像古代隐士喜欢喝的酒。喝快了味道很冲,香味太浓,反倒让人头疼。

那个我在台湾停留的最后一个夜晚,我、保尔、躁郁姐和美国弟坐在"美丽的精神病患"家里聊天喝酒,躁郁姐是保尔给她起的名字,我虽是第一次在台湾见到她,其实早就耳闻过她的大名。她曾在上海参与过"虐待护士"乐队,与曾经舞台上演出时疯狂暴躁的形象不同,她现在一头长发,信基督,同时还是个室内设计师。

我们一起去台北市内看了伍迪·艾伦的新片《蓝色茉莉》,那是部悲剧,就像导演的其他电影一样,看完后胸口有种让人说不出的闷气。这不是那种好人有好报坏人遭天谴的电影,也不像文艺片能自说自话自成体系,它完全让人郁闷,因为不管从哪头儿看都很悲剧,电影里没有一个幸福的人,任何一种生活方式看起来都可疑都不具备良好的可持续性。

从艺术角度讲,躁郁姐不是一个典型的台湾女孩,她的直爽和艺术气质不够适合温暾的台湾;从生活方式和接人待物上讲,她又具有典型台湾女孩的优点，独立、礼貌，会体贴女生而不是男孩。

说起来，"美丽的精神病患"在我整个台湾之旅中真是很重要的一个角色，我是怎么认识他的呢？还要从来到台湾的第一晚讲起。

那晚，保尔带我去吃饭，他的合伙人听说我是个作家和诗人，还出版过几本书，喃喃自语说有些人也一直在写，却始终没有机会出版呢。过了一会儿他让我们到大堂接着吃饭，说介绍我们认识一个人。那人就是后来被我称为"美丽的精神病患"的家伙。他长发披肩，戴一副黑框眼镜，穿着棉麻质的长衫，一股错乱精神病艺术家的仙气，就像刚从哪座山上修炼下来的。没聊两句，这个人就用兰花指指着我说："我看你像台东来的呀！"又顿一顿，"你长得像原住民！"

我很茫然，不知道他是什么意思。那晚我感冒了，刚坐完飞机更难受了，完全是衣冠不整蓬头垢面，就连思维都有点不清爽，在这种状态下其实我不想见陌生人的，然而总得要吃饭吧？所以这种偶遇真的不是事先安排的，而是……命运的安排罢。

保尔说他说你像原住民是夸你呀，在台湾被夸原住民是因为你长得好看，大家觉得原住民轮廓长得比较立体，性格也好，喜欢唱歌跳舞。

中间我点烟，发现台湾大部分地方也都室内禁烟了，刚开始我其实没注意到这点。

饭后不久，我们又来到保尔开的"拾年咖啡馆"。这里太文艺了，由老厂房改造而成，书架上全是我的书，还有我刚给他带来的《春树的诗》。大家传阅着，有人说够厚的啊。我有点不好意思说："是挺厚的，这是十年精选……"看着看着，有人笑起来，有些欲言又止，我估计是看到自慰、手淫或做爱之类的词了。

保尔的合伙人好奇地问我：像你这样的人大陆多吗？

我说不多，就我一个。

但喜欢文艺的很多，到处都是。

这家伙又说起我像台东来的艺术家，他说都兰那里聚集着许多艺术家，我应该去看看。我心里有些向往又有些感觉山高路远，保尔只有两天陪我的时间，剩下的地方就需要我自己去了，我行吗？到了有接待的人吗？会不会不安全啊？

大家都笑，说台湾治安很好，一个人旅行绝不会不安全。这个家伙又指着我说："你不要担心被人强奸啦，你只要不强奸男人就好了!"

"简直是精神病啊。"我嘟囔着。

"美丽的精神病!"他补充道。

"精神病患!"保尔又补充道。

于是,他被正式命名为"美丽的精神病患"。保尔给我拿来"美丽的精神病患"的唱片,名为"阿格歌",原来他叫阿格。

两个礼拜,一路环岛走下来,我果然来到"美丽的精神病患"推荐的台东。果然在垦丁的酒吧,有一个刚表演完的原住民乐手看着我说"你长得好像我们家亲戚啊",果然我爱上了台东,果然这里是适合我的乌托邦式的乐园。

再次见到保尔,我简直像见到了亲人。坐着他开的车,我们一路聊天,聊到《太平洋的风》,来台湾后至少有三个朋友给我推荐这首歌。这是被媒体誉为"民歌之父"的胡德夫的作品,被广为传唱,几年前民进党参选人蔡英文的团队找了一位年轻调香师给他调了一款专属香水,就叫"太平洋的风",在全代会上首度喷洒。据说它的前段是海洋风味道,中段是玫瑰花桂花橙花,后段是龙涎香、岩兰草的土地的味道……太逗了。

而几十年前胡德夫还唱过另一首歌《少年中国》，因为被认定为太像当时大陆的统战歌曲而被台湾当局定为禁曲。现在大家都提"太平洋的风"，去台湾以后回来写博客都用"太平洋的风"，没人记得"少年中国"了。

我对保尔说，我喜欢台湾，但我无法认可来台湾两个星期就说这里是最好的华人社会。这里的确很好，但也有它的问题，如果全中国都和台湾一样，每个省份都相似，只有共性没有个性，这简直是最坏的社会而不是最好的。你能想象每个省都一样吗？上海和成都一样？武汉和重庆一样？

台湾保持着儒家文化，同时受日本殖民影响，再加上原住民本来的风俗，这是一个非常有礼貌的社会，服务业发达，服务态度一流。然而与此同时我发现岛上的大部分年轻人缺乏活力和进取精神。我问过一个从台北来到台东生活的85后男孩都去过哪里旅行。他说"环岛啊"。也就是说环绕台湾岛旅行过。但这不算是真正意义上的旅行啊，地方太小了。

保尔说对，台湾的大部分年轻人都故步自封，完全是井底之蛙，对这个世界缺乏了解的好奇心，可能是太安逸了吧。他说他从大陆回到台湾生活，很长一段时间都很压抑。那种压抑我懂，生活平静如水嘛，没有激情，没有矛盾，也没有什么牛逼的摇滚乐。

对了，我有没有说大陆的民谣在台湾很火？包括那首《董小姐》……在北京我根本不听民谣，即使它已经很火了。而在垦丁的冲浪兄弟尚未完工的"彩虹冲浪"青旅里听到"董小姐，那么可能这些都是真的"，许多情感已经融合在这首歌里。

巴 黎 或 者 法 国

突然又开始迷恋巴黎，或者说是迷恋法国。那种慵懒又迷人的气质、漫不经心的艺术氛围、热爱生活热爱色彩热爱细节热爱享受的法国式生活……

法国女孩向来与众不同，在打扮上，她们最讨厌的可能就是从众和庸俗。刚看了《碟中谍4》，里面性感的女杀手太让我惊艳，我目不转睛地看着她，这个女孩一看就是个法国女孩。也许是因为她的化妆？没有浓妆艳抹，甚至没有刻意修去稍显浮肿的眼袋，仅仅是画了条眼线，涂了些睫毛膏。也许是因为她的眼神？灵敏、机巧、有一丝傲慢，绝不试图讨好或媚俗。法国女孩就是这样，如同一朵懒洋洋的睡莲，美丽又淡然，就像藏了一个谜语。不要研究法国式的美，要研究你自己的特点和个性，这才是法国式的秘密。

法国人讨厌极端，法国女人讨厌功利和社会阶层。法国人保护个人生活，又对八卦艳情抱有宽容态度，法国女人不像别的国家的女人那样在乎年龄，在乎大牌时装，归根结底，她们的生活态度就很艺术：顺其自然，关注美，珍视美。美是多么重要啊，美就是一切！

曾经讨厌巴黎，写过一首诗叫《巴黎春天》，里面恶狠狠地奚落巴黎"巴黎待在阴沟里我喜欢纽约"。更年轻的时候当然喜欢纽约这只大苹果，巴黎落伍了，不再是世界艺术的首都，像蒙了一层尘的美人，自顾自地美和落寞。曾在巴黎待过短暂的几天，穿白色紧身小吊带和牛仔裤，逛卢浮宫，去公园，在路边喝咖啡，夜晚去了埃菲尔铁塔，当整点铁塔开始亮灯时，觉得它一阵抽搐，简直像个行为艺术。现在想来，这是一种形式感，一种很有趣的形式感。有个细节我至今难忘，在去现代艺术博物馆时，除了牛仔裤，我上身只穿了一件蓝色的Kenzo肚兜，后背只系着一条丝带，除此之外全部裸露。并没有任何人指指点点，没有人用语言或眼神打扰我，在这里，穿任何时装都可以。

长成轻熟女后，我开始喜欢上法国情调和巴黎。15岁的时候看过的法国哲学类和文学类的书又重新捡起，还有那些法国新浪潮电影、法国香颂，甚至法国女孩的家居类装扮，都让我入迷。纽约更先锋，伦敦更前卫，但只有巴黎，更注重平衡，更不疾不徐，姿态从容，流露出一种"爱谁谁，我就是我，你爱喜欢不喜欢"的精髓，换句话说，这叫"自由"。18岁的时候迷恋英国朋克式的紧身打扮，只求引人注目，20岁的时候喜欢纽约式的混搭和意大利式的裸露的性感，现在开始喜欢法国时尚中的天然魅力：舒适与简单。时尚是种意识的反映，你的思想什么样，你就穿成什么样。我心中的时尚之王是伊夫·圣·洛朗，他曾说过：我讨厌资产阶级的女子，讨厌她们倔强和精神，她们总在某个地方别着首饰并且头发梳得油亮。他的夏娃是"那些不会受任何事情困扰的女性"。换句话说，她们不再是猎物，而是猎人。

我仍喜欢纽约，但巴黎在我心中重新清晰起来，像一轮明月，遥远但存在。

巴 黎 的 天 空

二十二三岁的时候,短暂地来过一次巴黎。那时我和男朋友坐了一夜的长途巴士,从柏林来巴黎。到的时候是清晨,记得早晨天上的云霞给我留下了深刻的印象,好像从来没看过这么美的云彩,薄薄的,淡淡的。那时我们挤在朋友公寓的地板上过夜,白天去卢浮宫、蓬皮杜,还年少轻狂地逃票去看了金字塔,晚上在塞纳河边散步,感慨这里没有卖烤羊肉串的。

我更青春的时候迷恋的是美国,是纽约,对巴黎就没有那么强的兴趣。香港才子陶杰说:"世上每一个受过教育的女人,都梦想去巴黎,像回教徒一生必要去一趟麦加。"这话说得很狠,也许我以前不喜欢巴黎是因为没受过教育罢。这种教育也许并不仅指书本里的教育,还有美学教育。热爱美的人没有不喜欢巴黎的,巴黎的美是多层次的,它的美不是壮丽的美,也不是幽静的,它那么自然,那么超然,是种能给艺术家灵感的美。

再次来巴黎,我30岁了。7月底8月初的巴黎,游客多,市民有一部分已经出去度假，还有些已经度假回来了。度假对巴黎人来说是件大事，每年夏天，必须要去海边放松，再晒一身棕色皮肤回来。市民少了，车就好开了。现在巴黎市区内都有便民的公共单车，前29分钟免租金。这是个多么适合骑车的城市啊，裙摆飘飘，串大街小巷，经过一幢幢精美的建筑，看着巴黎铁塔不经意出现在眼前，节省了时间，欣赏了美，还锻炼了身体，多么快意！傍晚，实际上已经九点了，天还是亮的，我骑着租来的自行车穿过新桥，突然想起年轻的时候看过的电影《新桥恋人》。剧情几乎都忘了，只记得那种浪漫的绝望而泥泞的爱。这样的爱，必然发生在年轻的时候。此时，满天彩霞，现实与艺术之间的边际在美景面前模糊了，巴黎，真给了我这种如梦似幻的心境。

巴黎还改变了我的一个生活习惯，它让我很自然地穿起了凉鞋。要知道，曾经我只穿球鞋，哪怕是在夏天。而真正的巴黎女人在夏天只穿凉鞋，那种平底的，有着细带子的或者夹脚的（可不是人字拖），大部分是定制的，还有些是从普通店里买的，白色、棕色、银色、金色、黑色……没有累赘的装饰，没有华而不实的款式，在这里，经典即永恒，简单就是美。巴黎的夏天太适合穿着凉鞋到处逛了！这里有那么多街心小花园，有那么多可以躺下休息的绿地，巴黎的夏天也很热，凉鞋适合这种懒洋洋的季节。

我喜欢观察街上的女人，这里的女人真是一道风景。都说法国女人迷人，这是因为她们深刻地了解自己，知道自己适合什么样的装扮，从不以哗众取宠的方式来打扮自己，和谐！就是这个词了。这座城市太美了，她们从小就生活在美的环境里，对美有着天然的敏锐。精神方面，她们也一直受着艺术和学术的滋养，这可是一个滋养过乔治·桑、柯莱特、波伏娃和许多许多迷人的艺术家的城市啊。

巴 黎 春 天

在去卢森堡公园的围栏看 Michael St. Maur Sheil 关于一战的照片展的路上，无意中闯进一家小店，里面花花绿绿，充满了从女孩儿到女人都会感兴趣的物件，比如色彩斑斓的首饰和衣服……我被一个巨大的、红色的星星状的戒指吸引住了，还有一双耳环。最终买了那对天蓝色的长方形耳环，蓝得就像巴黎的天。柜台主人将它装进一个小纸袋，上面印着她的作品介绍，她名为 Melusine，还向我特意强调："这是我的艺名……"

上音指挥学院的90后朋友说，她觉得去法国得听音乐会啊，去欧洲必须听音乐啊。不会像国内的演出贵得要死。

上网查到巴黎玛得莲教堂音乐会的巴赫大提琴无伴奏组曲六部，位于西岱岛的圣礼拜堂有维瓦尔蒂的《四季》。最终决定听后者，正好在春天去听听四季的春。坐在教堂里听音乐，感觉很不一样。大堂里密密麻麻地坐满了听众，大部分都是游客，可能都和我想得一样，想在欧洲听一下音乐。小提琴手是个英俊的中年男人，克制且有范儿,看他的表演真是一大享受,如果不是前面那个秃头的中年胖男人总是挡住我视线的话,我就更满意了。这里的座位安排很巴黎,完全没有舒适度,能放下几张椅子就放下几张椅子,在美国肯定不会这样。然而这就是巴黎,习惯了就好。

喜欢音乐就是喜欢,从原来的朋克听到后朋克再到电子噪音、英式流行、红色歌曲、古典音乐。反正都是音乐。

重返花神咖啡馆。这里是我每次去巴黎必去的一站。算是个打卡点儿吧。Café de Flore,依然游人如织。

在路上坐地铁的时候我看着一本《白老虎》,这是印度70后作家Aravind Adiga的处女作,他曾经是《纽约时报杂志》驻印度的记者。此书特幽默,处处让人发笑,又不浮夸。里面有句诗让人印象深刻:我寻找钥匙多年\但门一直是开的。这首诗出现在小说主人公觉醒之前。好像人在觉醒前都需要帮助,诗是最快的催化剂。

夜晚我们返回朋友在郊区商学院的宿舍,躺在床上接着听音乐。我们都喜欢李宗盛,就一首一首播放他的歌。我们谁也不说话,就那么躺着,蜡烛闪烁。

这种感觉太青春期了。我不是没长大,我只是内心还保留着少女时期的爱好。

从 巴 黎 到 柏 林

在法兰克福到柏林的火车上,我一边写这篇文字,一边不时欣赏着窗外的"德国黑森林"和美丽的蓝天白云,有时也会路过一大片金黄的麦田,连绵的金黄色农田看起来就像一片美丽的沙漠。前排的小男孩小女孩在牙牙学语,说着稚嫩的德语,听起来好听又舒服。而在上一班从巴黎到法兰克福的高铁上,就完全不是这番景象了。

那趟车上坐满了人,我的面前和右边正好坐着一大家子在德国生活的中国人。他们有三个小孩,其中两个都睡了,有个五六岁的小男孩,从头闹到尾,包括在地上翻滚,用拳头打他的妈妈和奶奶(或者是姥姥),包括一会儿用中文一会儿用德语嚷嚷,还把两条腿站在走道之间,要经过的人只好从他腿上跨过去。而他的父母和奶奶则完全不当回事,任由他闹。听他们说话,完全已经在德国生活下来了,而公开场合的习惯和礼貌,则完全延续国内那一套,家长在孩子面前完全没有威信,小孩儿想怎么闹怎么闹。我坐在对面,本来看的书完全看不进去了,忍不住开口对那个母亲说:"孩子多大了？有点闹啊，能不能管管……"结果得到的是迅速的反击，掺杂着无奈与自豪："你没孩子吧？"

是啊，我没孩子。所以这对话真进行不下去了。而且孩子的奶奶这时候突然对我感兴趣了，不断地问我是从哪儿来的，旁边这人是我什么人，这人是哪国人，为什么已经到了国外还要回去……其实我觉得这奶奶还算可爱，但这么多"情况"集中在一起，可真是够费劲的。待到火车停靠在某一站下去一些乘客后，我赶紧在后排找了个空座，塞上耳机，试图用音乐声冲淡孩子的打闹声。

而为什么我们会这么折腾呢？因为我们昨天晚上错过了从巴黎到柏林的直达高铁。那是一等车双人包厢，还可以洗澡，睡一觉就直接到柏林了。我们差十分钟没有赶上，因为那天下午，我们去Pere-LaChaise公墓。我们为什么要去这个公墓，是因为我想找俄罗斯导演安德烈·塔可夫斯基的墓，而我到了公墓才发现我来过，这里埋着萨特、波伏娃，但塔可夫斯基不在这里，在一个更远的郊区的墓里。当时我手里还拎着一束从地铁站买的白玫瑰，得把这花献出去，我们又用了十五分钟的时间找到了吉米·莫里森的墓。

没赶上火车的代价就是重新买了票，但第二天晚上的直达票已经卖光，只有下午出发的换乘车。于是折腾就这么开始了。在欧洲坐火车有点像中国春运，就是提前买票很便宜，要是当天买，不但是原价，还有可能买不着，尤其是夏天，到处都是背包客，欧洲的火车票还是很紧俏的。

悠 游 漫 记

长大了我们接受的第一条定义就是：生活不是完美的。如果有谁还在追求完美生活，他一定会筋疲力尽，甚至变得虚伪。为了维持完美的表面，要私下里做多少无意义的功课来掩饰啊。

细数我这次的环球之旅，有许多小小的遗憾贯穿其中。

首先就是我在柏林的崩溃。说遗憾都有些过于克制了，不妨说那是一个不经意的小错误引发的强烈的内心崩溃吧。

在柏林的时候，我住了一家青旅。三十多岁了，还住青旅，真的是为了省钱，也是为了想再感受一下年轻的气息。这间旅馆在网上看着还可以，结果去了才发现，房间里的墙是橘黄色的，窗帘是黑色的，房间里狭长如棺材，就像睡在集中营。出门就是原来的东德大街，空空荡荡，没有人气儿。结果我连做两晚噩梦。实际上，柏林也有特别棒特别酷的一面，你必须要休息好状态好才有力气去体会。由于夏季是柏林旅游旺季，费尽周折我才换了另一家青旅，它同样位于原东德，但热闹多了，屋里简单温馨，挂着碎花窗帘，价格甚至比前一家还便宜。

这家青旅救了我，可惜刚踏实睡了一觉，又该出发换国家了。

这是一次环球旅行，整整绕了地球一圈儿。

大半个月在欧洲，半个月在美国。去了很多地方，比如伦敦、Stratford-on-Avon（埃文河畔的斯特拉特福，莎士比亚故乡）、巴黎、维也纳、柏林、纽约、波士顿、华盛顿和斯德格尔摩附近的一座岛。

这么密集的旅程，真让我吃不消。每三天换一个地方，甚至换一个国家，这完全是一种考验。身体要经受高强度的考验，物质上也要做到合适的取舍。因为航空公司的规定，这次我只带了一个行李箱。走走停停，不断地购物，很快旅行箱就爆满了。在旅行中，必须要做到断舍离。许多生活类的书籍都教导我们要学会收纳，要整理衣橱，出门旅行要学会打包。但似乎没人告诉你，如何在国外旅行的时候做到一身轻松。

纽约的二手店很多，我在那里买了几件T恤衫，都是穿完即扔。曾经很迷恋二手店，后来发现，我衣柜里有太多从二手店里买的衣物了，它们大多需要修改，或者本身就已经有了时光的痕迹。如果不是特别喜欢那件衣服，真的不应该为了贪便宜而买。旧金山的Levi's店，我买了两条牛仔裤和一件牛仔上衣，价格比在国内要便宜许多，并且款式更新。本身Levi's就是旧金山的品牌，在旧金山买就太正确了。

旧金山的巧克力、咖啡和葡萄酒也很棒。旧金山的市民很注重有机食品和悠闲生活，我在这里喝到了新鲜美味的咖啡，走时还买了一袋带回北京。吃到了特别有意思的烟熏海盐味的巧克力，那个牌子还有许多种不同种类的巧克力，可惜一时借我几张嘴我也尝不完。那时候真的很羡慕他们，有这么多好吃的东西可以吃。

旧金山和纽约完全是两种气氛，不同于纽约的快节奏，旧金山有着西海岸的狂野自由气息，同时，它的生活节奏比较慢。我经常能看到抱着瑜伽垫上车的男女，这在纽约是无法想象的。纽约的生活真的很忙碌，每天要忙着办各种事情，节奏特别快。

旧金山的房租现在比纽约还高，我住在同性恋一条街上的一家汽车旅馆，外面看起来很普通，内室装潢还不错。价格比纽约住过的酒店还要高。每天都能看到手牵手走过的同性爱人，整条街都飘着彩虹旗。路边的灯箱还有同性恋的宣传广告。旧金山，真有助于让你的思维变得更开阔。

有一天，我在唐人街吃完午餐，无意中发现了一家兼书店和画廊形式的小店。它的橱窗里摆着一本关于诗人布考斯基的书，我被吸引着走了进去。店主正在喝一杯干红，让我随便逛。很快，我用很便宜的价格买下了三本旧书，一本是垮掉派的作品，一本是著名摄影师Jacques Henri Lartigue的摄影集《一个世纪的日记》，还有本是画家 Marc Chagall 法语版的传记。我向他提起橱窗里的那本书，他笑了，说布考斯基真是动物。那本书是他女友写的，刚出版，还带有作者签名。于是我买下了。

出门旅行，把时间都用在购物上，事后回忆起来会很空虚。最好还是做到80%的时间逛博物馆，包括书店\画廊等地方，甚至包括去你喜欢的大学逛逛，20%的时间用来逛商场和店铺，其实我也很难做到这点。有时候，逛几个小时的博物馆就能得到精神上的满足，相当于吃了一顿精神大餐。

最美好的记忆永远是那些与花钱无关的记忆，我现在已经想不起来在国外都买了什么，留下的最美的记忆就是从巴黎到柏林的火车上，我躺在火车包厢的床上，看到窗外东欧的原野和月亮。

再次来到英格兰，我终于对它有了一点儿好感。这要归功于这几天阳光灿烂，意外而又幸运地拥有了好天气。这可是好心情的保证啊。我终于知道为什么在气温只到二十几度时，英国的媒体就称之为"热浪滚滚"了。实在是因为这里的阳光直射时,身体的感觉的确比温度表所报的要热得多,并且空气太好太清澈了,阳光也就没什么阻碍地直接照到了身上。西方人当然也不打阳伞,草地尽管多,可供遮阳的树荫却不是随处可见,又加上许多英国人的皮肤是最怕晒的那种带雀斑的白色皮肤,据说那是有爱尔兰血统的缘故。所以,这样的皮肤在阳光下赤裸裸地晒上一会儿,很快就会白色转粉红,粉红转红,继而就要被晒伤了。

当英国的天色阴沉或者下雨时,窗外的一切被施了魔法,死气沉沉,像被凝固了一般。而当阳光灿烂时,这里就变成了全天下最可爱的地方。尤其是那些花朵,小小的雏菊,各色不知名的花,最漂亮的是阳光下的英国玫瑰。颜色各异,几乎都带有扑鼻的香气。

而英国乡下的确是最让人舒心的地方之一,大片的草地,满眼的青翠,夹杂着野花,最多的是白色、浅黄色的小雏菊和红色的野罂粟。主要还是人少。人少很重要。

第一次看到罂粟花时我很诧异,这让我想到鸦片和鸦片战争。实际上在英国,野罂粟也被当作纪念一战时阵亡军人用的纪念花。同样的一种花,在不同的人看来,完全代表着不同的含义。在 Kenzo 香水的广告上,舒淇侧面而立,旁边有一支随风摇曳的罂粟花。也许在这广告里,罂粟代表着危险及自由。

从伦敦坐几个小时的火车，就到达了巴黎。今年夏天我会去很多地方，用一个多月的时间，去几个地方，再返回北京。除了欧洲，还有美国。在欧洲境内的几个城市坐火车穿梭，在幅员辽阔的美国则坐飞机。光想想就知道这是一趟混杂着疯狂劳累和兴奋的旅行。在旅行中，最重要的就是感悟。当然，还有购物。

正好赶上伦敦和巴黎的夏季打折季，Harvey Nichols 里的衣服即使打了五折，标签上的价格还是令人咋舌。好货从来不打折，打折的都是不怎么好的。果然我挑不到合适自己的东西。不是号码不对就是款式怪异，最后挑中的大多都是不打折的款。

每次到欧洲，我总是忍不住要买鞋，在北京找不到价格合适又好看的鞋。欧洲的路边小鞋店里的鞋，质量还不错，比商场里要便宜得多。

幸好我没去米兰，不然真无法想象一头扎进购物区的自己是副什么嘴脸。有朋友说他的一个女性朋友到了米兰，大教堂都三过而不入，只顾得上血拼。我笑了，这实在是太好理解了。我头一次到伦敦，根本顾不上进大英博物馆，只顾上去 Vivienne Westwood 的店里朝拜。

就说巴黎吧，巴黎太适合购物了，因为它处处是小店，处处是风景。公园旁边的小路口就有商铺，博物馆对面也可能就是家迷人的小店。就连路边，周末也有市集。中国人最喜欢去的老佛爷、巴黎春天，我已经嗤之以鼻，只心仪左岸最有情调的某商场。那天没忍住，去逛了一会儿，买了三套内衣。这是另一种我来巴黎必须要买的东西。这是一个买内衣都能买破产了的城市。总之，我到楼上去办理退税的时候，发现有对衣着光鲜的中国母女坐在柜台前面，旁边急匆匆走来一个男服务员，替她们把她们拿不了的几包 Chanel 购物袋放在地上。一瞬间，我都仇富了。然后我哀叹不已，我最爱的商场也沦陷了。

归根结底，这种购物的冲动来自于，巴黎是世界上最美的城市，巴黎女人是世界上最优雅的女人这种陈词滥调。只恨自己时间不够，也恨没有足够的钱长住巴黎。若是长住在这里，可能也就不会随时想去逛街了。就如赌徒到了拉斯维加斯，不让他赌钱是不可能的。女人到了巴黎米兰伦敦，不让她购物，还不如不让她来呢。巴黎于女人，那就是朝圣者的麦加。

我还带了两本书，作为路上的消遣。一本是茨威格的《昨日的世界——一个欧洲人的回忆》，一本是德国作家伊利斯的《1913——世纪之夏的浪荡子们》。后者在书里写到了许多有趣而大名鼎鼎的人物，他们在1913那一年浪荡在柏林伦敦巴黎维也纳还有许多别的著名城市里，1913年对他们来说都很重要，这些故事串起了二十世纪的文化和政治的发展脉络。那时候卡夫卡在写求婚信，普鲁斯特追忆似水年华，希特勒省吃俭用在维也纳奋力作画。当然还有杜尚、罗丹、毕加索和里尔克。生活在巴黎的里尔克写不出东西来了，他说"我受不了人类"。

真令人心有戚戚焉啊。一个失去灵感的作家和诗人是最可怜的人。但是又怎样呢？反正"谁此时没有房子，就不必建造／谁此时孤独，就永远孤独"。谁写作，谁就应该接着写作。

斯蒂芬·茨威格在《昨日的世界——一个欧洲人的回忆》里引用了一段话："您是一个自由的人，要充分利用您的自由！搞文学是一种非常好的职业，因为不用紧赶慢赶。要想写出一本真正的书，早一年晚一年都无所谓。您为什么不去一次印度和美洲呢？"后来他就走出欧洲，去别的地方游览去了。

在国外旅行，杂志我是绝不带回来的。太沉，而且杂志本该看完就扔。无意中带回来一本英国版的 Vogue，打算送给朋友。

从美国版的 Vogue 中看到了关于一个人的采访，很被这采访吸引，因为文章里提到了太多有名的人物，萨特、波伏娃什么的，回来 google，发现是大名鼎鼎但之前我不认识的法国爵士乐歌手 Juliette Gréco。

很高兴地看到圣罗兰的新广告,模特是裸上身的。当然,是出现在法国版的 Vogue 杂志里。美国和英国版的没那么大胆。

从杂志就能看出不同国家的不同特点,在时尚类的杂志里,法国依然是最先锋的。

在旅行的过程里,我们肯定会犯错误,比如买错了东西,吃坏了肚子,或者选错了住处。如果你已经不幸选择错了酒店或旅馆,唯一的办法就是立刻补救,如果补不了,那就顺其自然吧。这也都是生活的一部分,有一点遗憾的生活才真实。

路过文明，路过精英摇篮

波士顿。我终于来到传说中的哈佛大学和麻省理工学院。首先，我们坐地铁来到哈佛，这里是我梦寐以求的地方，在校园里，我和许多游客以及学生擦肩而过。哈佛有许多聪明人，你看他们的眼神就知道。他们活在自己的学术世界里，同时又对这个世界有着清醒的理解。哈佛人文学科学院的院长在2003年说："开朗、健康、充满活力、具有使命感的人是哈佛青睐的对象。"

看过一个采访，里面说"一个受过教育的人，必须理解自己以及自己在世界中的位置——文化与自然的——从而追求一种富有意义的人生"。

哈佛校园很大，这里就是无数学子都向往的世界上最好的大学。在这里，奉行的是残酷竞争的精英主义，这里的学生能够不受任何外界压力地自由研究。我们参观了其中几个学院，还特别去了肯尼迪政治学院，因为我认识的朋友里，就有在这里读过书的。这座学院并不大，砖红色的学院楼上挂着的标语写着"Ask What You Can

Do For Your Country"和"Imagine What We Can Do Together"。草地特别绿,中央放着圆桌,有两个学生正在勤奋地翻书学习。看起来他们的年纪都不太轻了。一位是黄种人,但这是在美国,如果不开口问,你是无法从一个人的样貌看出一个人的出处的。

和在欧洲不一样,在美国,我感觉到的就是如鱼得水,没有人会把你当外人,这是一个移民国家,每天看到不同肤色的人,只要开口说英语,就理所当然地把你当作"在美国的人"。除了在商业区,有时候会被过于热情的服务生拉进去做护肤,其实就是要卖产品,这时候他们才会问你你从哪儿来呀这样的问题。我在旧金山的时候,逛街时无意被路边小店的男店员拉进去,去胳膊上的角质,他一听说我从中国来,乐坏了,用带有口音的英语说他弟弟在上海呢,还交了个女朋友。但我实在没空听他聒噪,找了个理由就跑了。这样的事还发生过一次,另一次是在商场。也是一瞬间的工夫,就被一个男店员拉着做了去角质,他问我从哪儿来,我说从北京。他说哦,他有朋友去过上海(看来还是上海知名度高)。这次我笑眯眯地准备看他接下来打算干什么,结果他拿出三个瓶子,问我要买哪一瓶。我说哪瓶都不买,我只是来逛一下的。摆脱了他,我在想,如果我说我从纽约来,他肯定不会死拉着我不放。谁都知道,纽约人可不是吃素的。

Ok,那天阳光很好,空气清澈明亮,是骑自行车的好天气。我们租了辆自行车，决定骑车从哈佛校园到麻省理工学院。这样可以一路沿河边骑车，既能欣赏风景，又能锻炼身体。出门在外，活动活动筋骨多么重要啊。河边风光美不胜收，我们骑在专门的自行车道上，不少慢跑一族也在这条道上跑步。几乎所有骑自行车的人都戴着头盔，这里不是中国，毕竟骑自行车不是主流，汽车比自行车多多了，还有许多路段比较窄，有上下坡，戴头盔是为了安全。后来在旧金山的天使岛，我们也骑自行车翻山越岭，那可比在波士顿要累多了，天使岛都是山路，有许多还是土路。我发现美国人玩什么都比较野，人与自然之间的互动结合得特别好。风景更为壮阔，胆子也得大，因为有些路段看起来还是挺吓人的，其实不危险，就是有点需要胆量而已。

我特别喜欢麻省理工学院。我们路过两个操场，教学楼就在对面。绿地上，男生在踢球，一派生机勃勃。教学楼是很现代的建筑，和哈佛的经典老式建筑不同。我感觉一下子回到了初中，那时候我有一个在大连海事大学上学的笔友姐姐，她给我写信让我好好学习，有机会来那里上大学，那是多么有希望的一段时光，我们都憧憬着未来，对未来充满希望。后来，我的人生发展之路并没有延续初中时的设想，对大学的向往也埋在了心里。麻省理工学院则让我重拾起这段美好往事，它给了我一种梦想中的大学的感觉。那种干净、健康、向上的90年代，一下子又回到了我的眼前。

波伏娃在自传里写:"纪德在《借口》里说过,'喝一杯西班牙巧克力,就等于把整个西班牙含在嘴里'。"那么,参观了哈佛和麻省理工学院,就等于把整个产生美国精英的文化记在了心里。

时空交错三场景

一

这是4月20日凌晨0：18的巴黎。

我和朋友高宅弟坐火车从巴黎市地区回他所在大学的郊区，上来两个人，一男一女。女孩牵一条狗，男的坐在她旁边，寸头、牛仔裤、一双黑色Vans球鞋。他的眼神坚定、无畏、纯净。我看得目不转睛。这就是我渴望看到的眼神，这就是我想认识的人！真想把他拍下来，然而不太合适，又想录下来，最终我觉得只要用笔记下来就好。

我想和他一起过这样的生活，原来我还是喜欢这样的原始的、酷的生活。

他的耳骨上打了个耳钉，一瞬间我都想打一个了。他看起来不像是法国人，也许是德国的？他看起来比一般日耳曼人要苍白矮小一点儿，但脸型还是有相似之处。气质上，他和我年轻时喜欢过的一个男孩子很像。

在巴黎坐地铁，尤其是回郊区的地铁，很少能见到这样酷的家伙，今晚是第一次看到这么让我喜欢的人。他简直就是我的同类，是我遗落在过去的理想生活。我喜欢这种反叛的、坚持过自己生活的、非主流的、亚文化的人。

主流的美千篇一律。

我还想再见到他，但是换了一辆火车后，就再也没有见到他们。

二

我是在一场婚宴上认识他的。

那是柏林郊外的一座小巧、可爱，屋里设施布置得又格外富丽堂皇的度假别墅。我们来参加白德昌的大学同学的婚礼。新郎是俄罗斯裔，学者。

我遇见他的时候是我们到达的第二天。也是要离开的前一天。白天，是浪漫又轻松的婚礼仪式，下午，来自全球各地的人们随意交谈着，喝咖啡、吸烟、吃蛋糕、喝酒。还有人在游泳，有人在荡舟。这是七月的普通一天，也是天气格外好，空气格外澄净的一天。

来宾分为新郎的大学同学，以及新郎新娘各自来自于俄罗斯的家人。其中有些人早已在德国定居。新郎格外聪明，他的大学同学分布各处。他在世界上的几所著名的大学都上过学，比如牛津、普林斯顿、索邦。他是我见过的最聪明的人。

正式晚宴开场的时候，我发现我的座位正好在桌子的边上，离另一个桌子很近，进出不太方便。坐在我旁边的男孩来晚了一会儿，此时桌上有点乱，他找了一会儿酒杯，没找到空的。

"这是你的酒吗？"他用英语，指着我旁边的酒杯问我。

"我猜是。"我说。

"可以给我拿一下那边的杯子吗？"他问坐在我旁边的白德昌。

白德昌把杯子拿给他。

我们交谈了几句，他说他是新郎的侄子，住在柏林。

我盯着他的脸看了几秒钟,那是一张带有明显俄罗斯血统的脸庞。一瞬间,所有从文学书里看到的俄罗斯记忆全部复活。该叫他卡莎还是米佳?一瞬间,我看到我们手挽手冲向夏季的田野,我们在湖里徜徉,那一瞬间,我爱上了他。

三

我坐在位于第41街的纽约中央图书馆旁边的绿色小椅子上,等着朋友找我。

上一次等她,好像也是在这里,那还是几年前的冬天。

今天我有点沮丧,充满了挫折感。有些人生下来就拥有的东西,我需要经过重重奋斗才能获得。我现在依然处于一个过程中。虽然有些人没法像我一样,有实现自己的才华的机会,虽然我也常常感到,一无所有。

我们去逛第五大道的商场和专卖店,越逛我越沮丧。这都是些我买不起的奢侈品,也许我一本诗集挣到的稿费,只够买其中一个或两个包。

啊,这是多么不同的两种生活方式,两种价值观。我的朋友一直在劝我要华丽转身，否则再过几年读者都会忘了我。她说你应该拓宽自己，改变自己，她提了许多建议给我，有些靠谱，有些不。

我嘟囔着说我也不在乎谁记得我。

啊，籍籍无名是多么可怕！在一个我未曾征服的地方，在一个仍然被当作无名之辈对待的地方。萨特说："在得到一切之前，我什么都不想要。"

经过了欧洲之行，再看纽约，已经有点无法忍受她的粗糙世故了。以前在这里，我经历了一些故事，这次还会再有故事发生吗？天阴沉起来，开始下雨。帝国大厦的顶端融于云雾中……什么时候会登上去，就像那部经典的电影《金玉盟》里那样。这还是未知数。纽约，再留一个惊喜给我。

东 城 故 事

音乐节上,小寒找我借丝袜

我低头一看

的确穿了两双

于是赶紧找地方脱丝袜

我换上鲜艳的运动袜

一边一只

发现你坐在田野前

我拉住你的手

我们一起

看农民收割麦田

金黄的还在生长

青翠的却在收割

　　　　　——《左边和右边是不同的两边》 2014.5.4

东 城 故 事

一

21岁生日那天,我们去了海边。那几天都在下雨。那时候的北戴河翻滚着恶意的绿色波浪,沙滩上都是暗绿色的海带海藻。天特凉,礁石是黑色的。仅有的几棵树绿得不像话,像妖精般兀自绿着。

第二个夜晚我们坐在海边看涨潮。沙滩温暖潮湿,远处亮着灯。没有什么人,只有我们和不远处几个游人。海浪一阵阵地扑过来。海之所以美,是因为它有力量。

我盯着潮水,有一种非常强烈的感觉:我的少年离我远去了。它萦绕在脑中,挥之不去。

我要接受我要长大的事实了。在此之前我从不接受。我们曾经说过永远不长大,永远做孩子。后来我发现这不可能,我顶多不忘记那些过去的事而已。

第三天早晨六点钟,我们打车去了北戴河,顿时觉得眼前一亮!灰色的秦皇岛太难看了,哪有北戴河花红树绿啊。

大概八九点钟,在酒店吃过简单的早饭后,天终于放晴。眼前一片金光灿烂。我们把浴巾铺在沙滩上,我换上我的蓝色比基尼,戴上我的红色墨镜与 Martin 一起晒太阳。一切都是如此完美,尽管几个小时后我们就要离开此地。Martin 问我,是不是没玩够,会不会因为一会儿就要回北京感到遗憾?我摇摇头,说不。旅行不就是为了提醒我们去发现那些短暂的美好吗?

回北京后,我说了一句话:北京真完了。

"你的意思是,北京对你来说完了?"

"是。"我说,言之凿凿。其实我还有一种更确切的感觉:我在北京的日子也完了。尽管我完全无从解释这种感觉从何而来。那些少年轻狂混吃等死的好日子快要结束了,并且一去不复返了。

二

那段时间我没有男朋友,身边倒是有几个身份暧昧不清的对象。其中一个叫 David,是个美国人,大学教授,我们是在一家音乐网站上认识的。他开一辆蓝色法拉利，看起来很帅气。

除他之外还有一个也是美国人。真奇怪，我那几年喜欢的和讨厌的都是中国人和美国人，一个英国人都没有，更没有法国人或者意大利人。我很快就不再喜欢这个美国人了，我不喜欢一个男人无法接受自己的生活处境，他对他所有的一切都感到尴尬。

这两个人的共同之处除了他们都是美国人以外，他们还都有一双蓝眼睛。蓝得像是北京没有被污染时候的天，或者是青海的湖水。他们的性格相差千万里，我与他们从始至终都没有上过床，也没有任何超出友情的身体接触。这完全归功于我当时低迷的精神状态，我那段时间极其厌恶人类，随时都容易被人激怒。

还有一位尼泊尔的仁兄，忘了是怎么认识的了，我与他倒是没这么复杂的内心戏，我们仅仅是萍水相逢，他在北二外学汉语，根本就不看小说。

在这种状态里，我认识了一个德国人，他叫Martin，我们是在一个朋友的生日聚会上认识的。他带我去过生日，回北京后，我很快搬到了Martin家，他帮我把电脑一起搬了过去。

我与那个美国人仍然保持着联系。偶尔会在咖啡馆里碰到他。我们不怎么对话，仅仅是点一下头，代表看到了对方。以前我大老远打车来咖啡馆找他也不见，现在 Martin 住的地方离他经常光顾的咖啡馆很近，这样反而经常能看到他，我是再也没有与他见面的兴趣了。

那条小巷在白天看来一片光明，老头老太太、几个有些情调的咖啡馆、清脆的自行车铃声，阳光明晃晃的，像鸡蛋黄，带着暖暖的热度。我还发现在往东不远处的两条街路边有一家图书馆，一次可以借五本书。

这可能就是新生活，一切靠摸索的、试图真正独立的新生活吧。除了偶尔去外国语大学上课，大部分时间我都没有什么事情做。只是开销突然大了起来，厨房里经常没有吃的，烟很快就抽没了，卡里也没有多少钱了。所有的一切都需要自己来办，不像以前在家里还有家长伺候。

有一天家里突然断电了。这座楼的电路很陈旧，在夏天经常跳闸，住惯了军队大院儿的我根本接受不了这个现实。军队大院的后勤一向很好，我从来都没有担心过这种情况。

Martin 不在家，无奈之中，我只好去了胡同旁边的一家网吧。此网吧架势挺大，人很多，桌上的烟灰缸放满中南海烟头，广播里放着一首我还没听过的最新流行歌。哪里是流行音乐的最前沿？网吧啊。每个地方放的歌都很符合每个地方的特色。比如有一回我走出邮局，旁边的美发店里正在放《我没那种命》。还有一回我坐在"兄弟川菜"馆里吃饭，里面正在放《我想有个家》。

我开始发狂般地对家居用品有了兴趣。有回在花园村附近的一个家居店看到一个心形的红床垫觉得挺可爱的，但又觉得不能躺在上边睡。对床我还是喜欢朴素些的，坚固实用，干干净净，白床单什么的。

墙上又让我贴满了一大堆海报贴画，就连厕所的墙上都贴满了。我喜欢个人气息浓烈的地方，所以我住的地方都很乱。

尼泊尔的那位仁兄又出现了。据他说他用公共电话给我打过几次电话，我都没接。他又给我发了条短信，要求见面。我一听头就大了，想起来那唯一一次与他不堪回首的短暂见面。不过，我同时也抱着让他看看我幸福生活的念头，把他约到了家里。

他来的时候我请他进屋，这回我不再是热情地拥抱了，而是谨慎地伸出一只手，与他握了握手。我上次根本没注意他长什么样儿，这回我可以好好打量一下了。整体看完后，发现哥们儿就是一个平常普通的人，我怎么会跟他交往呢？只能说，我以前太无聊了！

在回答了我诸如"你们学习忙不忙呀?""你们国家的留学生多不多啊?"等亲切的问题后,哥们说还有事,先走了。

等把门关上后,我才叹了一口气:太好了!以前不靠谱的岁月,统统滚远吧!

新生活有时候令我哭笑不得,Martin和我的成长环境太不一样了,我们经常说着说着就能给说岔了。那时我有一个现在早已消失在人海中的朋友。她有点神经质,人长得比较古典,爱唱昆曲,大半年不去学校上学的那种,有天她突然跟我说她喜欢诗歌。"什么诗?"我纳闷极了。她脱口而出给我背德国诗歌,以为身为德国人的Martin会特有共鸣:"早晨的黑牛奶我们晚上喝。"

"这首诗不错。"我说。

Martin在旁边不以为然地说:"我觉得写诗特容易,是个人就能写。"

听闻此言,我那姐们儿愣住了。她几乎都给气哭了,一字一顿地说:"你真让我对德国青年失望,我还以为德国是世界上最爱诗的国家!"

Martin笑得浑身发颤,一点也没有因此受到打击或侮辱的样子。你还别说,我很欣赏他这副德国农民的样子。

"可能是语言问题。他中文不太好,如果背德语的可能就有感觉了。我有个美国哥们儿正在翻译李白的诗呢。"我说。

"李白是谁?"他疑惑地问。我以为他在开玩笑,但看到他一脸懵懂的表情,我意识到他是真的不知道李白是谁。

"你真不知道李白是谁?怎么会不知道李白?你大学白念啦?你没老师吗?千万别跟人说你认识我。"

我比我那姐们儿还生气,越想越生气。我靠,太丢人了,他居然不知道李白是谁。这真是人生中的污点啊!!!

我只好给他背了几首,然后冲 Martin 说:"我已经给你做了一个老师应该做的,你能不能理解就是能力问题了。如果我告诉你我不知道歌德是谁你会不会疯了?"

三

很快我便厌倦了这样的生活。厨房里没有吃的,我的烟没了,卡里没有钱,甚至想和 Martin 一起散步也不可能。他总说没时间。在我看来这就是两个人想法不同。

他的语言总是会伤害到我脆弱的心灵,而他对此毫无愧疚。

早上起来突然有种感觉就是我背叛了我的过去,我的现在与我曾经的理想截然不同。我想起我喜欢的电影的片断和我当时的感受。我有点恨现在的我。

这是一种比较微妙的感觉,我能感觉到却无法一刀截断。

也许这就是他们指责我变了的原因吧。

在网上我向一个朋友讲我的苦恼,那就是我同样不知道自己想要什么,对自己也感到怀疑。他是一个华裔美国军人,我们也是从那家交友网上认识的。他说:"你可以留学,读完书找一份平平凡凡的工作,跟着结婚,生孩子,平庸地度过一生。或者,做一些有挑战性的,令你不会后悔一生的事。那样人生才有光彩,至少老了后,可以对你的子孙说你曾经做过什么,令他们觉得,你没有枉过一生。Understand?"

我明白他的意思。但是,那是什么样的事呢?这日子简直没法过了。

至少我应该有一个梦想。我的梦想是什么来着？我想了半天，想起来了，是去哈佛上大学。说干就干，事不宜迟，我从网上买了一大堆专业书，包括《如何申请美国大学》《如何通过美国签证》《怎么写好给美国大学的申请信》《怎样考托福》，准备细细研究。等我终于花了三天三夜看完这些书我一声长叹，甭提哈佛了，就连网上托福考试都报不上名，五环外的考场都被报满了。

我打电话打到了纽约的一个公共电话亭，那边大概是早晨八九点。一个男人接了电话，我的英语很差，我忘了应该说什么。那个人为什么要接电话呢？他接了电话听到一阵喘息会怎么想？当他听到我带中国口音的英语又会怎么想？他挂了电话后会笑笑走开吗？

我不知道。

灯光照在我正在发呆的脸上。我不想听却也能听到从 Martin 的屋里传来的他与朋友聊天的谈笑声。我感到心力交瘁。好像现在在过的生活跟真正的我没有一点关系。

用贾妮的话说就是："我可以长大，我可以变老，我可以结婚，我可以生孩子。但是你和 Gia 王不行。你们要活在我的青春记忆里。"

可怕的是，我确实还像个孩子一样，一直没长大。我一直想着长安街散步、午夜的电话、闷热的火车站。

灯光、发呆、笑声（不是我的），和长长的闷热的夜无尽的白昼组成了我目前的生活。我笑也不是真正在笑。谁知道我在想什么。而我追求的从来没有出现过。

我像是从来没有存在过似的沉默。

我追求的从来没有出现。从来没有一个人主动将我打动。我的心在渴望爱情，我在颤抖，我渴望那种一秒钟胜过一万年的爱情。那种完全纯粹的、没有任何杂质的爱情。两个人的心身完全交融，没有任何距离和隐瞒的爱情。

贾妮所在的《01001》杂志第一期就做了一个专题，要拍一些特别野的女孩。正好我认识其中一两个，于是拍摄地点定在我家。刚开始我还穿着小T恤和小短裤，很快发现别人都脱得只剩内衣，我顿时感觉自己好像穿得太多了……面对这帮女流氓，我怎么能甘于人后呢？这时其中一位说了句妙语"让我给你们脱的力量"。

我穿上白色14孔马丁，大家看着我穿上马丁的造型，一致嘲笑起我对朋克从一而终的伟人精神。不过，我们内心强悍的人，是不会理别人的眼光的，是会一条道走到黑的，是会在一棵树上吊死的。是会为了一棵树放弃森林的。

"我还是适合朋克造型。"

"还是神经病路线更适合我。"

四

一晃两年过去了，期间贾妮生了孩子，Gia 王找到了新男朋友，我与 Martin 还生活在一起，在爱情中纠缠不休。在这两年里，我几乎忘记了我曾经的梦想。Martin 工作很繁忙，经常要到外地出差。我的爱情生活就处在等待与再次等待中。他不在时我会分外想念他，他一回来我们就吵架。他代表这个世界正确、正常的那一部分人，要求我戒烟、早睡早起、按时做家务。

如果我们的角色放在小说里，那么对话应该如下：

我："你老让我干活，我还怎么写诗啊？"或者"亲爱的，没有早饭。不过我可以给你读首诗。"

深深的挫败感。

每次争吵后，都像有钢铁堵在我的胸口，无法呼吸，压抑至极。我实在是无法忍受。有时候看着他的表情，我就开始恨全人类。这种感觉糟糕透顶，让我有种若不爆发便要崩溃的预感。这时我才明白为什么那么多人在吵架时要摔杯子砸碗。

我与 Martin 的文化差异基本都体现在政治态度上。我一直喜欢革命歌曲，如果电视里放老电影我基本上会跟着载歌载舞。他却说他讨厌这种音乐和歌词。

有天他问我，如果他讨厌我的国家或者出生的地方，我会怎么想，怎么办。

我立刻紧张起来："你是认真的么？"

他犹豫了一下，说："如果是呢？我就是问一下。"

我说："如果是这样，那么，我就会把你当成我的敌人。"

真是他人是地狱。就算能感觉到也爱莫能助。反过来别人对我爱莫能助也成立。

我们总是因为这个吵起来。

"如果在国家和我之间选择,你选择什么?"

我连结巴都没打:"国家。"

"……好,好。"他气急败坏地说,"要是你让我选,我肯定选择你!"

"问题就是我不会让你做出这样的选择!"我再一次发现无法被满足。我还真是接受不了他的态度。

Martin 去厨房泡了一大壶咖啡,给我们一人倒上一杯。我们两个人都暂时把注意力从政治态度转移到咖啡上。

那时候我经常想理想爱人的条件,他必须酷、长得帅、身材好、有才华(比如说最好同时是个诗人,但不能仅仅是个诗人)、有生活情调,还得有名,对了对了,最后也是最重要的一点,得年轻。说了半天,我发现只有切·格瓦拉符合条件。他符合以上所有特点,并且早就死了。

五

一整个充满厌恶感的下午和晚上。

我发现一个人生存的印迹是抹不去的。无论他人怎么改变，都历历在目，简直不用回忆就自动跳出来。

所以，那本著名的影射某已经不存在了的政府的书里借一个背叛了朋友（但其实他只是假装他们是朋友）的人的嘴说出"折磨的目的就是折磨"。

打碎了再重合的过程重要的目标是撕裂的声音而非组合起来的结果。

那段时间我像疯了一样，总在逼问他何时结婚。

我们有过太多争吵和泪水。我哭了太多次，有好几回，泪水把枕头都洇湿了。

如果说他这样对待我我应该死掉，那我为什么现在还没有死呢？

那德国人谨慎的天性、思辨的头脑和刻薄的性格，他一句话就能把我呛住，不知该如何办才好。

久而久之，我对自己再没半点自信。

他说我们还不到时间，还不是状态，我无语。他句句话说到点上，就是没有表达感情。

想着以后能生出和他小时候一样可爱的孩子，心都要融化了。

那你懂什么是爱吗？他问我。

"……"

泪眼问花花不语。

"对！我就是要毁掉你！"他毫不犹豫地大喊出来，"你浑身上下都是缺点！你根本就不完美！你糟糕至极，毫无逻辑！你只有感情，没有理智。你需要的是'爱'……"他恶狠狠地强调了这个字，仿佛光吐出这个字就够让他感到恶心了似的，"你需要爱、同情、安全感和照顾，你以为热情就可以带来快乐和爱情。每次看到你那张充满热情的脸就让我想吐！你这个没有长大的小孩，到处去乞求你想要爱！你根本算不上是个成人！你根本就没有大脑！"

我静静听着他说着这些。大脑里嗡嗡作响。身体像被机关枪扫射过。一切曾感觉模糊的东西逐步变得清晰起来，我不敢让自己相信所发现的东西，却更不敢不相信。我还以为你是世界上唯一一个值得我相信的人呢！

"该死!"他大口喘着气,"你想要的爱是那种没有条件的爱吧?我怎么可能会给你这种没有条件的爱呢?"

门响了。Martin 的朋友走进来。他并没有发现屋里紧张的气氛。

"我们约好了去酒吧喝酒,你也来吗?"Martin 换上一种轻松的口气,仿佛刚才不过进行了一场与普通谈话别无二致的谈话。

我没说话。Martin 扫了我一眼,站起来。"再见。"

他们走了。我能听见他们下楼梯的声音。还有他们交谈的英语。他们的脚步声越来越远。实际上就在他们还没走下第三层楼梯的台阶时,我就已经冲到厨房,举着把菜刀下了楼。

"你要干吗?"Martin 恐惧地盯着刀,旋即盯上了我的眼睛。

他扭过我的手,夺过刀,劈头抽了我一个耳光。然后跑上楼,把刀放回厨房。

我还愣在原地。那个朋友目瞪口呆,僵硬地立在一旁,不知道该怎么办。

Martin又跑下楼来。他叫上那个朋友："我们走。"然后走远了。

我一屁股坐在地上，陷入惶恐的晕眩中。我不知道自己刚才做了什么，完全不敢原谅自己的举动，我不敢认自己了，我已经迷失了。

我不知道坐在那里多久。久得像我已经忘了已经放弃了自己多久。

不，你不能这样对我！

我迎着冷风，快步走出胡同，打了辆车，面无表情地通报了父母家地址。岂止是面无表情啊，简直就是悲伤欲绝，眼睛只能盯住一个点不动，完全无法思考，否则就决堤千里。

我只会在床头无声地流泪。我不想管这泪水，但我哭得太厉害了，不得不到厕所拿出一卷纸巾。

把头埋在被子里，我终于哭出了声。

哦，那温暖的胳膊和胸膛，我紧紧地靠在他身上——如果失去他，我还怎么活！

又是一个无眠的午夜。我躺在床上，像死去的尸体。他在哪儿？他在哪家酒吧？我不能去想这样的问题。我爱他，我那么爱他，可我应该怎么去爱他？

整整一个星期，我们睡觉都背对着对方。

我摔东西砸手机撕墙上的海报哭得精疲力竭。没有用，不管我做什么都没有用。

你不懂爱。他对我说。

也许他是对的。

我的头又开始疼。我懂什么是爱吗？

我爱他，可我给他带来的却全都是伤害，这到底是为什么呢？

我忘了怎么回到了床上，我躺在床上睡着了，做了几个噩梦，醒来发现他还没回来，时钟指向凌晨三点半。

我再也睡不着，到阳台上抽了支烟，又回到了床上。

因为恨。因为恐惧。

我知道自己彻底完蛋了。我被自己的爱撕裂了。我知道自己永远无法嫁给他了。我们没法生三个孩子了。我们无法相依为命直到老迈了。

你会照顾我吗，当我老了？他原来经常这么问我。

我会。我如是回答。

我需要被拯救。我的灵魂罪恶累累。我要洗脱自己的罪责。

也许我死后要下地狱，无所谓了。就算是下地狱，我也是我们中唯一那个下地狱的。就把所有的罪让我来背吧，因为我爱你。

在我们两个人爱情的战争中，我输了。

六

而关于爱情，我只认识一个人有和我一样的爱情观，她和我一样只务虚不务实，我们被那种全方位的精神肉体相结合的，巨大的无与伦比的……爱情幻想感动得热泪盈眶。当然我们还没见识过这么立体的爱情，所以我们百爪挠心老跟自己过不去，再多喝几杯咖啡也压抑不了我们向窗外望的欲望。可能当灰色的天空升起金色的翅膀，奇迹就出现了。

我开始喜欢上了别人，基本隔两个礼拜喜欢上一个人，包括刚高考完的玩乐队的年轻 skinhead、在外地的玩实验音乐的男孩，还有些掺杂着友情与微妙心动的不知道如何定义的伙伴。和他们在一起我轻松无比，可以做自己又不会被误解。我现在还记得在 Martin 出差的晚上，我常常拿着电话和其中一个打电话，他一遍遍地问我，Martin 对我这么冷漠这么不理解我，我这么不开心，为什么不能离开他呢？

这么多人逐渐出现在我的生活中，常有冲突的可能，这里面混杂了年少的没心没肺、对情感的不了解以及悲伤的喜剧色彩。比如我正在和双子座聊天，突然接到双鱼座电话，他说喝多了，要来我家找我，于是我就对双子座说，你先走吧。双子座看着我，眼神表现出的那种伤心和复杂让我当场就后悔了。

这些情感最终都无疾而终，就像一抹淡淡的痕迹，最终都被时光蒸发殆尽。

七

"为什么你不想跟我结婚呢?难道你真是德国政府派来的间谍?组织上只给了你要诱惑我的任务,没让你跟我结婚?"我死皮赖脸地问 Martin。

"你真逗,现在这个世界上哪里还有间谍?克格勃早就不存在了!你那些从电影小说里看来的都是骗人的,别幼稚了!" Martin 理直气壮。

"我只想找出那个你不跟我结婚的理由。"

"为什么人都愿意为事情幻想一些根本站不住脚的理由,却对清楚无比的事实视而不见?我没有说不跟你结婚啊,但我现在的确不想结婚。我们结婚太麻烦了,需要去大使馆,还要签一些材料,需要准备很长时间。如果说现在我们走出门就能结婚,我愿意。但是如果要大费周折,我不愿意浪费精力。我已经很累了,没有精力去办这些事。"

"为什么非要结婚呢?难道我们结婚以后关系就会变好吗?你每天除了跟我说结婚,还有别的话题吗?结了婚以后你还会说什么?"

"可是如果我们不结婚的话,终究有一天会分开的。……这个世界对待女人太不公平了,一个男人四十岁不结婚没什么,可一个女人四十岁还不结婚大家都会想她是不是没人要。"说完这句话,我感觉很虚弱。终于还是承认了,世界是不公平的。

"你离四十岁还有很多年……"

"天哪,光一想到如果一两年后我们还住在一起,还在讨论结不结婚的话题我就想死。"

"我们应该活在现在。只有现在才是重要的。"

"人们总是说活在现在活在现在,我早就听腻了。我永远是活在过去与未来的。现在进行时对我来说只不过是连接过去与未来的一个点。"

孤独。而且无法交流。

我们两个都是孤独的人。每个人坚守着自己的信念。只是,我们完全无法交流。在我们中间流动着的不是牛奶而是沥青和水泥。我们能在一起完全是因为我们明白我们是两个孤独至极的人。试图交流只会让我们更孤独。我们曾经试过,结果却两败俱伤。

我迅速找了一个房，搬了进去，正式回到了二环以内。那个小公寓位于工体西路，绝对市中心。每当晚上我回家时都得路过一堆红男绿女，我感觉我简直就是一霓虹灯下的哨兵。这个位置十分利于聚会，好几次朋友们约在附近吃饭我都是散着步去的。

八

小脉在网上问我还记不记得父母未生我之前的我。出生之前的我？我被他问愣了。

我是谁？我真的不知道我是谁。但是，我周围的人都知道自己是谁，就连走在大街上的陌生人也都自信至极，他们肯定也都知道自己是谁。

而我还是如此天真并且不知边界。一个放逐者。

为了对付生活，我们走了形而上思考和形而下解决的路线，那时我和贾妮们的口头语都变成了下面这些：

"我靠，太美观了。"

"我看好你哟！"

"粉可爱的说……"

"就冲你这份自信……"

"喷香奈尔的女佣啊!"

"有钱文化人。"

"旧情难忘、难忘旧情。"

"I wish。"

"我万念俱灰。"

"老年俱乐部——苏丝黄。"

"你就喜欢二线城市。"

"前几天我也逛了 Chanel,当时就想去抢银行,哈哈哈。"

"赶紧给我找个人包起来,每天白天练练瑜伽,晚上发发嗲就得了。"

偶尔 Martin 会来看我，他会请我到楼下喝咖啡吃饭。离开他之后我迅速贫困潦倒，连喝咖啡的钱都没了。

每次缺钱的时候，我都希望有个人来拯救我，这是种白日梦，我从来没有想过为什么我没钱。我没有思考过现实，真正的现实是什么，它从未曾存在于我的脑海。

我对这些都后知后觉，那时候北京的夏天如往常一样闷热，那年雨下得特别多，我常常坐在窗口边抽烟边听外面的雨声，整个北京就像只有我一个人，我往往有这种感觉，整座城市为了我存在，整个地球为了我一个人运转。

我的冰箱里常常只有咖啡和可乐，后者是为了做"自由古巴"用的。Gia 王一来我家就感慨：你的冰箱充分体现了你的作家身份。

《01001》杂志又要推出一个新选题，题目叫"隐藏在都市里的游魂"，其实就是采访一些各式各样的人，新瓶装旧酒而已。接受采访的大多数人只是为了免费让专业摄影师拍一套照片留作日后他用。我也是如此。

过来采访的摄影师一下子迷上了我家的气氛，据他说让他想起他在巴黎留学时住过的破公寓。

九

一个阴沉的下午，我正在家里对着 word 文档发呆，不知道该写什么，如困兽犹斗。电脑在播放着最近我常听的几首单曲，反复循环，我已经不用思考就能根据旋律唱出那些英语歌词。桌子上放着一壶刚泡好的咖啡，又忘了买牛奶，我没有食欲，厨房也没有任何吃的了。

正在此时，QQ上一个久违了的朋友的头像亮了起来："在吗？"

我说在。

他说他最近每天都在忙着录新专辑，要发我几首听听。我点了"接收"，看着mp3慢慢地、一秒秒地传了过来。

我点开，音乐响起的那一刹那，我的心情完全转换了，窗外那恼人的阴沉的雾霾变成了浪漫的灰色氧气，一切都那么心旷神怡，就连那杯没加牛奶的黑咖啡都变得可口起来。我沉浸在音乐带给我的感动中，想到这是还没有完成的作品，还没上市，就更感觉这种享受如此私密如此美好。

他约我出来聊天，穿着简单的衬衫和仔裤，我穿了一条黑色绸缎连衣裙，他穿白球鞋，我穿黑色高跟马丁靴。

那天依然是个阴天，据说晚上有大雨。雨一直没下起来，地上仍然有昨天下过雨的痕迹，雨后的空气弥漫着松树发出的木香，天空是红色的，这是我万分熟悉的天空。

他开车送我回家，他向我伸出手："拉拉手吧。"

我握住他那双有点凉却秀气的手。

雾气蒙蒙长安街，对于我们而言同样熟悉。与 Martin 交流的一切障碍和不适此时荡然无存，和与我一样成长于北京的男孩在一起，一样都那么熟悉和自然，那是久违了的少年情绪，我欢快地呼了一口气，终于有了种解脱感。

这个夏天终于变得有点意思了。

Martin 又来找我，他在楼下给我打电话，我一路小跑奔下楼，穿过开着月季花的花坛，穿过院里打牌的老头老太太，穿过打工的民工，一眼就看到 Martin 倚靠在院门口的身影。他还是穿着牛仔裤、T 恤衫和球鞋，那么简单那么好看，这就是帅啊，完全不需要打扮，我看一眼就能立刻高兴起来。

看见我，Martin向我绽开笑容。他的笑是单纯的，像孩子一般。单纯而有力量。有些什么纯洁的东西。那是一种从未改变过的状态。

我立刻原谅了他，原谅了我们。

兔　子

我想说，这一切到底是怎么回事呢？守兔人。阳台。客厅。自从家里买来一只兔子后，它就给我们带来了许多欢乐和担忧。这是一只白兔子，只花了十块钱。其实人家本来没想要钱，是小烟硬塞给人家十块钱。那只兔子当时关在不大的铁笼子里，笼子底下铺着报纸，很脏，想来它一定不舒服。可能就是看到它不舒服，小烟决定自己回去养兔子。他给了那个人十块钱，就高高兴兴地抱着兔子回家了。

回到家后我就上网看了看养兔子的介绍，找到了许多实用的讯息，包括兔子其实是要喝水的，不能是自来水，必须是凉白开。那时候我们家的两只娃哈哈的水桶都是空的，因为经济困难，自从买过两桶娃哈哈矿泉水后就再也没买过。桶还没退，那是因为我们的乐观精神，决定有朝一日有钱了继续喝矿泉水。谁能满足于自己烧水喝呀。

刚开始，我们把兔子放在屋里，很快发现这是一个错误，兔子到处拉屎、撒尿，屋里多了一股臭味，我们终于知道兔子屎是一小粒一小粒的，整个客厅、厨房、卧室都无法幸免。"都说现在的年轻人和大自然绝缘，我看这也不太真实。"小烟边收拾兔子屎边嘟囔道，在我听来他的语调中透出一股欢快。我们把兔子放在阳台上，头天我正好从外面参加活动带回来一个制作得像鞋架子的立体书模型。当时我是不想把这个奇怪的东西带回来的，但参加活动的一个朋友不断地鼓动我，带回去吧，多好的一个鞋架子啊。我就带回来了。正好给兔子住。这个立体书往地上一放，小烟在书脊处用剪刀开了个洞当门，供兔子出入。这个兔子窝上还印着五个大字"迅速的生活"。其实是"地"，主办方没文化，打错了字。

很快我就发现小烟对兔子的热情与日俱增。他经常长时间地坐在阳台上搂着兔子，每天早晨醒了后就主动下楼给兔子买青菜，顺便才买上我们的早点——面包和酸奶。以前他可没这么主动过，可能现在他觉得自己对兔子有责任吧。他还拉着我去胡同里给兔子找木屑，他说他小时候就养过兔子，知道它需要咬木头，喜欢在木屑里玩。我们在一家正在装修的四合院门口发现了一堆木屑，装了满满两大包。

兔子的窝初具规模。它从此以后就住在阳台上。我们一直没有给它取名字，它就叫兔子。

"它需要一个男朋友。"小烟说,他对待动物的态度还是很人文的。但我们还没有找到卖兔子的宠物店。有一些地方卖兔子,也只是很小的,那是无良商贩。

阳台对面还是一个阳台,对面的阳台是封闭的,不知道是什么单位。对面的楼从周一到周五晚上的灯一直是亮的。唯一有一天我发现灯暗了,原来那天是星期六。在两个阳台之间,是楼下阳台搭的天顶,透明塑料的圆拱形。有天晚上我发现兔子站在那个圆拱形上,像一匹矫健的骏马。

也许对面是一个秘密机构?有时候我看到对面院子的大铁门开开关关,出来的都是穿蓝色制服的年轻男女。有时候上厕所的时候,看着对面楼上的灯光,我还在想,他们都在干什么?

已经有一年时间我没有动笔写小说,自从认识了小烟,好像我的一切都正常了,除了写作。这种感觉有点像一个正常的女人没有怀孕但是月经一直迟迟不来。我每天晚上十二点就睡,早晨很早就起来,也没干什么,晚上就到来了。然后新的一天的早晨又来了,又要给兔子买青菜了。它到处拉屎撒尿,像一个不乖的孩子。

夏天时,我们决定去小烟的欧洲老家度假。他一直担心兔子。我们给它买了一个笼子,跟我弟弟说,让他把兔子装进笼子里带回家让我妈照顾。我在纸上写：每天要把兔子放出笼子自由活动一小时。记得给它水（不能是自来水）和麦片。

我弟弟喜欢玩电脑，我知道我们走了以后，他和他的朋友会常常蜗居在我们的屋里玩电脑游戏。把兔子交给它，我们都有点不放心，可又安慰自己，一切没问题。回来的时候，兔子也许会长胖点。我们走的这一个多月，兔子一定感到很委屈，它那么喜欢活动，自从认识了我们俩后就没受过约束，这次一定会想到我们的好了吧？我们的担心都是隐隐的，没有和我弟弟说过。欧洲肯定是要去的，兔子肯定是带不走了，那么为什么不能放心一点地去呢？

在外边，我给我弟发短信问他兔子怎么样了，他没有回答我。这不是他的风格，他像所有的年轻小孩一样，回短信的速度非常快。我觉得可能出问题了，想到兔子，我竟然有了点自责。第二天，我给他打了电话。他说兔子跑了。我说它怎么会跑呢？我们养了它那么长时间它都没跑，现在怎么就跑了呢？他有点着急了，说，兔子跑了，后来回来过一次，现在又跑了。我说，你每天都给它的盆里放水和吃的吗？他说放呀，我每天都换。

我不知道这是不是事实。事实上，就算他没有每天换水和食物，我也拿我弟弟丝毫没有办法。是啊，重要的是，兔子跑了。它不回来了。可能它回不来了。

我告诉小烟兔子没了,他听完我转述的我和我弟的对话,说,它不可能跑,它只可能在对面的天顶上玩。或者跑到别人家。可能有人把它拿走了。

我说你别怪我弟弟了,他也不懂。其实我心里也特郁闷,可我实在不知道该说什么。过了几天,我上网发现我弟弟给我发了条信息,说他很抱歉丢了兔子,我回来后送我一只。

其实我只是怀念我们丢了的兔子,新的兔子跟我们有什么关系呢?

我们终于又回到了北京。人不在,屋里就显得空空荡荡,东西上都蒙了一层土。我弟弟在我们回来之前就住校走了。我们不由自主地走上阳台,看兔子的房间。我还不愿意称那为故居。它的饭盆里的水早就干了,麦片没有了。我去阳台,给盆里倒上水,然后对着它发了一会儿呆。

小烟也走上阳台,他又说起兔子不可能自己跑走,一定是让人带走了。我变得烦躁起来,说,那也不能怪我弟弟啊——他不懂我们对兔子的感情。

是啊，到最后，我对兔子的感情变得和小烟对兔子的感情一样多了。我只能望向对面的楼和依然亮着灯的陌生屋子，默默地呼唤：兔子，你回来吧。

大 哥 失 踪 了

在住进"会所"的第七天,大哥当晚没有回来。其他三只猫都回来了,大哥还是不见踪影。罗威廉和我谁都没有在意,前几次也是这样,窗户开着,猫白天出去玩,晚上会自己回来。

"会所"位于二环内德内大街的一条狭窄的胡同里,实际上它是一个胡乱搭建的小二楼,与一间小平房一起关在一个小四合院里。小平房在东边,是房东和她闺女住的,属于小平房的还有两条白色的大狗。这两个人和两条狗分享一小间平房。小平房内还有一个小侧间,被改造成一间浴室,从木门进来的时候,经常会看到浴室亮着灯,架子上放着数量不多的平价淋浴用品,洗发水什么的。这四位是怎么分享一间小屋,这是我一直在琢磨却始终无法理解的事。

我和罗威廉住的小二楼,也就是所谓的"复式",其实之前是房东一家住过的。一直未见有男人来找过房东,唯一来拜访过的成年男人应该是房东女儿的男朋友,他偶尔会过来。

房东女儿戴一副随处可见的、丝毫没有特色的圆框银边近视镜，脸圆圆的，一看就是得到她妈妈的遗传。她妈姓张，人挺不错的，我一直不知道女儿叫什么，也没必要知道。从还没搬来的那天，我就知道我们不是一路人，她一出场，我就开始厌恶。那天罗威廉出差，我按约定时间去德内看房，院里站着张阿姨和一个正在抽烟的年轻男人，我说了来意，男人向主屋，也就是我们即将要租下的那套小二楼喊了一句：看房的来了！

"妈呀！知道啦！"随着拖长音的不耐烦语调，"蹬蹬蹬"地走下来一个个儿不高的年轻女人，我对她的第一印象就是戴着圆框银边近视镜后面滴溜溜转的眼睛和尖细的嗓音。她兼有女人和女孩的双重特点，一方面是女人的精明，另一方面就是还没长大的女孩的任性。

刚开始我们并没有开窗户放猫们出去，在搬来的前几天，发现克罗娜，那只三岁半的黑色短毛母猫自己挠开了窗户上的纱窗，幸好我们发现得早，她当时只是在窗户外面发呆。我们赶紧给她抱回来。不敢再开窗户了，现在直接关窗，纱窗自然也用不上了。过了几天，我们意识到几只猫总在窗台上发呆，罗威廉于是亲自打开了窗，把克罗娜放到了窗外，Caesar、Vanunu 和大哥紧随其后也出去了。它们只是在窗外的一大片平台上散步遛弯儿，那是街坊邻居们住的一片小平房的屋顶。

几个小时后它们分别回来了。我们关上窗。次日重复。猫总会在出去嬉戏一阵后回家。它们从不在外面过夜。

我很欣慰猫在这里，能够和真正的大自然开始亲近，它们终于活得像只猫了，而不是一直被关在家里的宠物。有天下午，老罗把我喊到院外，让我看Caesar正在外面一棵树上练爬树。它久久在树上站立、攀爬，似乎对树相见恨晚，小小的身躯里蕴含着无穷的精力。

Caesar刚来的时候，还只有不到一个月。这是通过它的体重和大小来判断的。那时候它的黑毛还没长全，全身裹在一层湿淋淋棕色杂毛中，只有下巴和四只小爪子是雪白的。楼下的保安正拿着水龙头喷它取乐，回家经过楼下的我的前男友发现了它，一问，它并没有主人。前男友顿生恻隐之心，征得保安的同意后，把它抱回了家。

到现在我还记得他那时兴奋的声音：树树！快来！我带回来一只小黑猫！

我从卧室走出来，看到地上一团灰乎乎的东西，差点没晕过去，前天晚上我才带回来一只同样大小的小白猫，刚养了两天，取名为Vanunu，还没习惯有猫的生活，这就又来了一只。

前男友把小黑猫带进了浴室，把它好好擦了个遍，把身上的水全都用毛巾细心地吸干，然后放在地上。小猫摇晃了几下，开始走起路来。它甩了甩身上的毛，趾高气扬地参观起屋子。

"哈！它以为它是个王子。"前男友笑了，"Caesar！我们叫它 Caesar 吧！"

Caesar，恺撒大帝。从此它就叫 Caesar 了。

Caesar 太小了，看起来比 Vanunu 还小。它是只短毛猫，脸上从两只眼睛的一面开始，有一片像三角形一样的白毛，延伸下来，到脖子，再到胸前止住，组成一个菱形的白色图案。它四蹄踏雪，小粉红鼻子的右下角还有个黑色斑点，像个小吃痦，让它看起来既可爱又有点坏。它太小了，像只小老鼠，它又那么骄傲，像王子。它渴望一直趴在我的腿上，我去洗澡的时候，它都抓着我不放，直到我又让它在腿上多待了几分钟。我睡觉的时候，它总会跳上床，躺在我身边，我意识到它在，总会用胳膊搂住它。怕压到它，甚至不敢翻身。

Caesar 长得很快。2010 的冬天至 2011 的春天，短短的几个月，它就从一只小猫长成了一只成年猫。期间，带它和 Vanunu 去过宠物医院数次，检查过一次身体，打过三次疫苗，办了专属于猫的身份证。

2011年夏天,我与前男友分手。他飞回欧洲。我一个人付了后三个月房租,和我的两只猫一起住在我们曾经的公寓里。那公寓位于鼓楼东大街南锣鼓巷的菊儿胡同。二十年前,这里实施了一项颇具轰动效应的旧城改造工程,北京首例新四合院脱颖而出,院子有四合院的韵味,呈四方形,每座楼都只有三层,内室是复式结构,带洗手间淋浴等现代设施。住在这里,既能享受到胡同生活的活力,又能享受到楼房的便利。这组建筑群的设计,还得到过"联合国人居奖"。这边住了许多老外,我们对面的邻居也几经更换,现在换成了三个意大利人,二男一女,合租我阳台对面楼上的公寓。他们最大的爱好是开party,尤其是在夏天,几乎每个周末,他们都叫来一大堆人,在三层屋顶上开party。别的邻居也不遑多让,每隔十天半个月的,都得弄上一次大聚会,欢声笑语夹杂着各国语言能一直持续到凌晨。

这里唯一的缺点,就是每间房屋都比较小,更像是日式的房间。幸好有三个阳台,稍稍弥补了屋小的缺憾。

前男友一走,再小的屋也显得空。我们在一起生活的时候用过的日用品,大多都被我清理掉了,尤其是床单、被罩、睡袋,统统一股脑被我在某个深夜扔到了楼下的垃圾箱,还引起两个捡垃圾的女人的争夺。

以前我们谁也没在意过室内家居和装修,电视、洗衣机、冰箱都严重老化,在他走之后没几天,洗衣机彻底报废。罗威廉那时已经搬到了"会所",这是他春天时便看中的房,一直在装修,粉刷墙壁置办家具,现在终于弄得有点样子了,尤其是二楼的房间大而明亮,全是木地板,连天花板都是木头的,很有点"柏林小屋"的感觉。神来之笔是,二楼的每间屋子都有一个小天窗,我们把床垫放在最大的那个房间的天窗下面,晚上可以躺着看月亮。

罗威廉常来找我。他也有两只猫,一公一母,都是黑色,一只名为"大哥",一只叫"克罗娜"。我问他为什么大哥叫大哥,他说,大哥原来是流浪猫,他在宠物医院领养的它,那时候它叫"小黑"。他嫌这名字不够霸气,就存心要给小黑另取名字。"那天我念着它的名字'小黑''小黑''小黑'……'黑社会''黑社会'……'黑社会大哥''黑社会大哥',哎,就叫'大哥'吧。"平时罗威廉也经常用"naughty cat"来叫它。

我们离得很近,骑自行车只需要十五分钟,却分属两个区,鼓楼是东城区,德内大街是西城区。实际上我们几乎天天在一起,不是他来找我就是我去"会所"找他。我们这种各居其所的生活有一天被打断了。八月的一天,前男友从国外打来电话,说他过几天要回北京拍个东西,需要在北京接着住一阵儿,我顺理成章地搬进了"会所"。

当夜大哥没回来。我们谁都没当回事,觉得它明天肯定就回来了。第二天又是晴天,窗户一直没关。白天三只猫出去玩,到点儿也都回来了,大哥还是没动静。

此后每一天,大哥都没有回来。一星期后老罗开始急了,大哥是它最爱的一只猫,他爱大哥的笨,大哥永远都是宠辱不惊,它是四只猫里面最缺乏斗志的一个。也许老罗爱的正是它的这种无为而治。每天深夜两点半,老罗都披上外衣骑着自行车去周边地带找大哥。这个时间街上的行人和车辆都少,是流浪猫最愿意出来活动的时间段。有一天他回来后跟我说,这一片儿有许多流浪猫,有一只长得很像Caesar,一侧脸颊上长了铜钱那么大的黑色圆点。

很快我就见到了这只猫,我们给它取名叫"希特勒"。有天我们从西海边停完车回"会所",路过必经的小胡同,发现希特勒正站在其中一间平房的屋顶上,看了我们一眼,就消失在夜色中。

会不会是那个进过监狱的人把大哥抓走了?那是在我搬来后的第一个月,有天我到胡同口的彩票店买烟,一个留着小胡子的胖子过来搭讪,说话不干不净的,听房东张阿姨说,这个人刚从监狱放出来,就住在胡同里面,平时养鸽子,对猫很不友好,会打猫,得留点儿神。然而我们观察了几天,并没发现任何线索。

几乎每个凌晨，老罗都会等到两点半左右，不顾外面的天气，穿好衣服，亲亲我的脸，带上猫粮和大哥最喜欢的玩具，出去找大哥。他的方法就是沿街巷不断地呼唤大哥的名字，间或发出在给猫喂酸奶时发出的长音："唔哦唔？"这个声音大哥和克罗娜都非常熟悉，Caesar和Vanunu则对此刚开始有点意识，它们还不能把这个声音和有酸奶吃联系起来。后来我开始跟他一起去找大哥。

因为寻找大哥，我们俩一起熟悉了"会所"周边的环境。2006年时，德内大街开始进行改造，拆了许多旧居，拓宽了马路，到了2011年，这一带白天看起来仍然破旧寒酸，整条大街没有一家像样儿点的商铺，整体色调是土黄色，周边都是回迁户和进京打工青年，出门后眼前只有黑灰二色。我们深夜出门，这里更见寂寥，只有一家24小时便利店和一家拉面馆还在营业，偶尔有几辆飞驰而过的汽车和摩托车，路上的行人屈指可数，与鼓楼一带形成鲜明对比。若是现在，鼓楼东大街肯定还有许多行人，许多正准备去酒吧喝酒。

"Naughty cat！""Naughty cat！"罗威廉一路寻着大哥。

已经十月末了，天已经开始降温，晚上寒气袭人。我们沿着胡同走到西海边，此时的西海幽然宁静，河边有几位在垂钓的老人。这边不比后海。西海与前海同属什刹海，由德胜桥隔开，这里与后海的众多观光客及酒吧餐厅的繁华景象截然不同，只有"法语语言文化中心",海面被树上缠绕的红色、绿色夜景灯映得波光粼粼,河对面"积水潭医院"的红色霓虹字迹清晰可见。

大哥消失了。大哥失踪了。大哥离家出走了。

大哥再也没回来。我们在窗外放了个猫粮盆,里面放着猫粮,经常会有附近的流浪猫过来吃猫粮。最常来的就是希特勒和另外一只大白猫,但再也没有见大哥出现过。

在"会所"住了不到两个月后,我们也仓皇地逃跑了。实在是受不了这里了。每次一进院,房东家的两只狗就开始狂叫,我不怕它们,我还挺喜欢它们的。但我怕的是房东女儿随之而来的呵斥:"闭嘴!"那声音简直比狗叫还让人胸闷。房东的女儿还特别喜欢在院里打电话,她那富有特色的声音穿过本来就不厚的墙,直接穿过我的耳膜。我算是明白为什么刚搬来的时候发现屋里每扇门上都加了隔音板。现在明白过来有点晚了,因为我们把那些难看的棕色隔音板都拆了。更可怕的是,晚上十点以后,就没办法再用音箱听音乐了,看电视剧都得用最低的声音。我们的卧室距房东的小屋仅仅一墙之隔,那墙确实是薄了点儿。住在这里还有一个问题,那就是周边没有可以待的地方,除了一家"孔乙己",没有什么咖啡馆,也没什么可逛的。我开始怀念那帮开party的意大利邻居了。

我的前男友彻底回国了，彻底这个词指的是他真的走了，并且不再回来了。他走的那天，我们约好吃晚饭，结果刚上了他车没一会儿，我就下车了。他在车上又开始指责我，我听到一半，就决定下车。我边走边哭，眼泪完全止不住。他就是不知道我爱他，全世界都知道我爱他，就他不知道。前男友也是不得不走，他的双胞胎弟弟前一段时间因为一场事故突然离世，他很痛苦，更激起了要回去的想法。走吧，走了也好。不要再一再回顾了，不要再回头了。

再次搬回到菊儿胡同的老公寓，犹如回到前世。屋里除了原先的一些旧家具和一些旧衣物、旧杂志，什么都没有留下。完全被废弃了啊。我想。就连他在美国旅行时买的那条红黑格子的睡袋，都没了。是运回德国还是送人了？不得而知。他明明知道我特别喜欢那个睡袋。他的红色山地车也不在楼下停着了。送人了吧。反正他什么都没给我留下，除了Caesar。

有Caesar就够了。这是他唯一留给我的东西——一条小生命。我常常又惊又喜地看着Caesar，不由自主说出前男友常对Caesar说的话："是谁把你生出来的？——怎么生得这么好？"

现在三只猫都跟我们回到了鼓楼，唯独大哥，留在了"会所"周边。不知道它住在哪里，现在在哪里流浪。"会所"并没有退掉，许多家具还留在那儿，等待着合同到期的时候再一起收拾。罗威廉太贵族了,他宁可把大半年的房租都白白扔掉也不愿意把这房子转租掉。他的小时工叔叔小潘也仍然按照每星期一次的步调,来"会所"打扫卫生。我们都不在那里住了,小潘估计也就是拿出吸尘器吸吸尘,再给几盆花浇浇水。

老罗偶尔还会回趟"会所",去拿点落在那里的必备日用品。有回回来他跟我说你猜我在"会所"看到了什么,我说什么,他说床上有堆已经干了的猫屎,不知道是谁拉的,可能是大哥,也可能是希特勒。

"Naughty cat!"

敌 人 易 得

林嘉芙给那个叫尼玛的男孩回短信:"我还好。想和你聊天,等你有空的时候吧。"想了想,她又加了一句,"你在哪儿工作?"

一直好几天,她都没有跟尼玛联系,本来他们约好有天晚上一起在她家楼下的那所西藏学校聊天的。那天晚上林嘉芙完全忘掉了这件事,事后想起来,也没有给他打电话或发短信解释一下。

这个下午,她想约个朋友吃晚饭。扬扬说他去北戴河了。想了想住在附近的两个闺蜜,算了,前几天刚见过的。她想出门走走,又有点懒得动。有点饿,却控制不住地拿起那杯几乎放凉了的咖啡。

窗外的天色有些阴沉。带着淡淡的雾色。树兀自发绿。一切都像初秋那般正常、固定。简直没什么好说的。

就在这时,她突然想起了那个西藏男孩尼玛。他矮矮的,小个子,脸圆圆的。他们不熟,只在那所西藏中学见过几面。每次见她,他好像都挺高兴，眼睛发亮，睁得很圆，像他的脸。她给他发了条短信，问他是否在学校。短信很快回过来："不在。我在上班，你这两天过得好吗？"

她本来对尼玛在哪里上班根本不感兴趣，但她还是问了一句："你在哪里上班？"

关心一个人在哪里上班，想了解对方的个人信息，这也许是友情或一切感情的基本要求吧。

林嘉芙突然想起来，她的另一个朋友尼佳却从来没有问过她的个人信息。有时候她都忍不住要主动表白，却被他顶了回来："不用说，我明白。"

你明白什么啊？每当他这么说时，林嘉芙总是想这么回答。

尼佳总是滔滔不绝地谈论自己，他边说话边运用着手势来增强他表达时的强烈情绪。有时她觉得他简直像个在电视上发表成功感言的大学教授或是某个宗教领袖。有些话她听过好几遍了，也许这是他第一次对她说，可她总觉得那些观点在哪里听到和看到过。也许是他写的专栏里？也许是在他的访谈里？她常常听着听着就走神了，迷恋、反感和对他的阵阵抑制不住的兴奋（对他？还是对他说的话？）混杂在一起。

刚认识时，她并没觉得尼佳有多与众不同或多出色。当尼佳的轮廓在她的眼中渐渐清晰时，她也就像被一道闪电从头顶直劈下来，被那种刺眼的光亮和某种骇人的力量震撼得失去知觉，直到一个礼拜后她才反应过来。

她模仿起尼佳的一举一动。从阅读的口味到起床的时间，从尼佳热爱跑步的爱好到他说话的方式她都一丝不漏地学习了过来。最难的是摸透尼佳的思维模式。为了搞清楚他对一些问题是怎么想的（重要的是动机），她把所有网上能找到的关于尼佳的资料都仔细读了一遍。为了更清楚地掌握他的思维模式，她常对自己自问自答，思索着尼佳可能会回答的答案。在做一件事情之前，她会先问自己一遍：如果是尼佳，他会这么做么？

当然尼佳对此一无所知。她觉得自己简直像个间谍，躲在暗处观察着某个猎物，有时觉得自己也许才是那个猎物，尼佳只是个心不在焉的猎人。

林嘉芙很快将自己塑造成了一个新人。这个人除了外表和名字和过去一样，一切都和过去不一样了。

最初发现端倪的是她的朋友们。他们发现她在看一些她原来根本不会碰的书。其次，他们惊讶地发现，她居然在早晨七点就出现在MSN上。

越是了解尼佳，她就越觉得自己不了解他。第一次见面时，面对他的问题她都能给出个确凿答案。而现在她开始怀疑答案的真实度。

愈迷惑，她就愈控制不住地想要写诗。这是唯一一件她会做而尼佳不会的事。

有天晚上，她太想念尼佳了，确切地说，太思念那种和尼佳在一起时他给她带来的那种极其现实反而显得极其不真实的、极其迷幻的气氛。她半夜起了床，走到书桌边打开电脑，仔细地研究尼佳的照片，好像这样就能得到些安慰。她仔细地对比着他原来的照片和近期这些，得出一个结论，他原来的照片上的眼神与现在的不太一样。在原来的照片上，尼佳无论是面无表情还是在笑，他的眼睛都流露出一丝愁苦。后来的照片上，这种愁苦消失了，换上的是一种洋洋自得的表情。甚至是自以为是的表情。这让林嘉芙恨得咬牙切齿，好像他叛变了。

我是个有99%理智的人。尼佳说。

跟你相反，我有99%的感性。她回应道。

"你每天的生活是什么样子？"第一次见面时尼佳问她。

"我每天就是下午起床，听听歌，喝喝咖啡，看看书。我喜欢这种生活。"

"嗯。"尼佳热烈地点着头，"太好了。"

第二次见面时，在酒吧的包房里，喝了几杯酒后，她突然哭了起来，很快，流泪变成了号啕大哭。尼佳刚开始没作声，后来看她哭得厉害，有些慌张。哭完之后，她感觉突然轻松了许多。在一个几乎还算得上陌生的同龄人旁边哭泣，这意味着什么呢？她看着尼佳的眼睛，后者根本没有躲开的意思，反而迎着她的注视。两人就这样默默无语地看着对方，那双眼睛没有表情，也没有感情，长袖衬衫下的身躯保持着平静，没有一丝颤动。他是如此压抑，如此冷静。看着看着，她放弃了思索，只是看着那双眼睛，直到她的眼圈又红了起来，她才转开视线。尼佳拿起桌子上的威士忌酒杯，碰了一下她的杯子。两个人喝了一口酒，又恢复沉默。

从第二次见面他们就开始不怎么说话了。想打破沉默的时候，林嘉芙就会随便问尼佳一个问题，尼佳会立刻给她答案。他们从不说私事,谈的都是政治时事。每一次对话都是两种价值观的争锋,政治是尼佳的长项,不是她的,每次她都会被他辩倒。她无限怀念刚开始认识尼佳时,他们还会聊些日常生活,后来,她感觉与他相处越来越累,有时候回家后简直连话都不想说。刚开始她以为他们可以当朋友,后来发现,没有朋友,只有一个男人和一个女人。

她不可抑制地想,如果他以后真的成功了呢?

"我真想杀了你。"她不但这么想了,也这么说了出来。

尼佳没说话,只是紧紧搂住了她,安慰似的轻轻拍了拍她的肩膀。

她是在找同类还是找敌人?她问自己。

他太苦了。他的野心包裹在他平静的外表之下,稍不留神就忽略了。他是这么孤独。

看他有些疲惫地靠在沙发上,她忍不住给他按摩起肩膀来。"我不会按摩啊……"她试图撒娇,让气氛轻松些。

"那你会什么?"他突然盯住她。

"会的都是些没用的。"那目光让她很不舒服,"法西斯的眼神……"她冷笑了一下,不悦地答道。

两人走出酒吧的时候,林嘉芙想起自己的钱包里没现金了,管尼佳借了一百块钱。尼佳站在路边,看着她上了车,那目光是那么留恋,甚至……她想了想,用什么词来形容好呢?那是一种悲哀的眼神,就像看着一个死人,或者看着某样即将消失的事物。她想起第一次告别时,尼佳也站在路边看她上了出租车,那是同样的目光,留恋中带着悲哀,又似乎充满矛盾。

第三次在那家小酒吧的包房里见面,他们照例没有说话,只是看着对方的眼睛。"来不及了……太晚了……自此以后,我们势必要走不同的路,就像两条相交的线,你东,我西。""我们离开这个地方吧!"林嘉芙的大脑轰然作响,这短短的几十秒对视,她涌动出无数想法。她知道他下一步要怎么做、要去哪里。他要走的路正好是她原来最讨厌的。他不会改变他的既定步伐,那是他生存的意义。而正如命运安排,他们一定会在现在相遇,也一定会在将来分开。这一天应该会很快吧。

她越看着他,越明白上次为什么会哭。她没有再哭,这次,首先调转视线的是尼佳。他似乎也红了眼眶。

林嘉芙抚摸着尼佳脖子上的伤痕，抬脸问他："这是怎么弄的？"

"……"尼佳想说什么，又没说，只是说，"以后你会知道的。"

"不用说，我明白。"林嘉芙回答。她想去吻那片伤痕，最终却没有，只是用手掌护住了它。

"你吸毒吗？"

她盯着他的眼睛，确定他没有在开玩笑。然后说："当然不了。不过当然了，大麻是抽过的。你呢？"

"我？"他迅速笑了一下，"我没有试过。我连烟都没有抽过。"

那天在尼佳的房间，他们最终没有做爱。奇怪的是，无论是感情还是理智，都告诉她，不要和他做爱。为了证实自己的直觉，她把手放在他的胸口，然后观察他的眼睛。他的心跳很正常，瞳孔也丝毫没有放大。"你并不激动。"她对他说，"换言之，你现在很冷静，一点都不像做爱时应该有的反应。"

"如果让我选择，如果说必须二选一，那我永远都会选和你精神交流，而不是和你上床。"尼佳端起酒，窗外是中关村搜狐大厦，下面是熙熙攘攘的夜市。

"对了,我们这不是在谈恋爱。"尼佳强调道。

"当然不是了。"

"你是我的灵魂伙伴。我对你没有任何要求,只要你当你就好了。"

林嘉芙愣了一下,她掩饰得很好,没有露出过多惊讶的表情。她的第一反应是拒绝。然而她没有。

"你知道这是个很重的词,"她斟酌着词句,"如果被灵魂伙伴伤害,那么只能说明对方根本就不是你的灵魂伙伴。"

尼佳赞许地望着她:"你说得对。"

"我其实对你也没有任何指望。只要你是你就好了。我只想和你当好朋友,能当多久,就当多久……"

除了他们见面的时候,平时尼佳就像失踪了一样。他们很少联系,有时候,一连几天都没有音讯。她往往只能从他的博客或者专栏里看到他最近去了哪里,他从来都不主动说。正如一个被观察者意识到了有人在观察他,于是变得更加神秘。

尼佳说过要和她一起去天津,他每个星期都去天津做访谈,但后来他再也没提起过这件事。尼佳说要和她一起去新疆"考察",她连新疆的地图和旅行手册都买好了。她的那些见过尼佳的朋友都告诉她,离他远一点,他是个危险人物,至少比他看起来要危险得多。他们对尼佳的看法出乎意料地一致,他们不喜欢他,甚至害怕他。

他们说他有一种法西斯的眼神。

她想起这种眼神。有次尼佳说,最好不要让别人看到咱们在一起。她说,那就只有一个办法——消失。尼佳突然死死地盯住了她,同时若有所思地说:"你说得对。"那是一种动物般的眼神,她吓了一跳。幸好他立刻又恢复成平时温和的模样。

即使尼佳如他们所言,她也不感觉惊讶。不,她不怕他。

新疆之行终未成行。尼佳告诉她,他想一个人去。她听了这句话之后,也只是憋足了气,不知道如何发泄。整整一个礼拜后,尼佳突然发短信来:特想你。

想我什么呢？她想。

在尼佳的眼里，我或许就像他一样神秘而不可信任？尼佳从来没有问过她任何私人信息，他不但不问，有时候甚至她感觉他根本不想知道。或许，她根本不用说？就像他说的"不用说，我明白"？他到底是全知道不用她说还是根本不想知道所以不用她说？

在那一个礼拜里，她依然保持着尼佳带给她的新的生活习惯。她不知道他在哪里，如果想知道他的消息很简单，只要打开那个著名的网站的页面就好了，上面有尼佳的最新专栏。

她不打算看。以前她会看他写过的每一个字、说过的每一句话。现在她不想看他的任何一个字，不想知道和他有关的任何讯息。

刚开始对他的喜欢已经成功地被另一种情感所覆盖。她的自我重新抬头，她厌恶他所追求的那种价值观。很快，这种厌恶变成了对他的强烈反感。与此同时，尼佳那双愁苦的眼睛在她眼前冉冉升起，怎么也挥不去。那是种诱惑，一种让她想到许多不良暗示的、彻底沉迷的诱惑，一种丧失理智的诱惑。

她可真希望没有离他这么近过，如果一直在外围，可能就会一直喜欢他。而今，她了解了他，就再也没有后退的可能性。

为什么我对恶如此迷恋呢？她问自己。

每次见面，她都认为不会有下一次了。最后一次见面之前，她同样觉得不会有这一次见面了。最后一次见面，他们一起去了一家书店旁边的酒吧，尼佳又在滔滔不绝地谈论，她又听得入迷。那是种混杂着幸福、厌恶和嘲讽的迷恋。即使是混杂着幸福、厌恶和嘲讽的迷恋，依然是迷恋。

"再来一杯自由古巴。"她扬手叫服务员。酒吧的墙壁是绿色的。"我喜欢这种绿色，看上去像在森林里，眼睛好舒服。"

"两杯。"尼佳对那个走过来的年轻、瘦削的男服务员吩咐道。

他们碰杯，接着喝酒。一时间两人都没有说话。有那么几秒钟，尼佳看她的眼神温柔至极，他的瞳孔放大了，眼睛闪闪发亮。

"什么是自由古巴？"他好奇地问。

"哦，就是朗姆酒加可乐。"

"哈，是这样啊。我平时不太懂享受，我都说自己平时在生活中是最没有魅力的人。"尼佳自嘲地笑了一下，他端起酒杯，喝了一口。

他的手细长柔软,比她的手更像一个女孩的手。

"你有一种——毫无魅力的——魅力。"林嘉芙看着尼佳,一字一顿地说道。

尼佳没笑。

"你以后想去波士顿还是纽约?"林嘉芙问。

"波士顿吧。"他有点不自然地回答道。

"哦,那里适合学习。"她淡淡地应道。

"其实,我更想去华盛顿。"尼佳犹豫了一下,说道。然后又紧紧抿上了嘴唇,像是后悔说过这句话。

她心里一惊:"你也太雷人了。"

那个小区的位置挺偏的,楼道还在装修,一片漆黑,还没来得及装灯。一进门她就看到满满两个书架的书,都是些她原来从来不读的那种理论书。

尼佳坐到电脑前，她坐在沙发上翻杂志。他很快走过来。他抚摸着她的胸和锁骨，她把手放到他的腰上。他又瘦了一点。这年轻的身体毫无赘肉，每一寸肉都待在它应该待的地方。

他的舌头吻着她，她情不自禁地回吻他，气温陡然升高了，她感到身体深处一下子湿润起来。不知过了多久，他抱起她走进卧室，把她轻轻地放到床上。

她把他放平在床上，跨坐上来。他露出楚楚可怜又满怀期望的表情。尼佳在床上就像一个可怜的弟弟，也是唯独在床上，她才能找到他无助、柔弱、渴望温情的一面。

那夜她根本没有睡。空调发出轻微的噪音，尼佳在身边睡得很香，睡之前他说："我要早晨八点钟离开。你会和我一起走吗？"他的语调温柔。她想起来，实际上他一直表现得很温柔。"我还有别的选择么？""没有啊。"黑暗中传来他的回答。"那你为什么还要问呢？"

一个小时过去了。她仍平躺在床上，睁着眼。全是夜。全是黑色。什么都看不见。尼佳转了个身，搂住她。他呢喃了一句什么，听不清楚，像是在呼唤她的名字又像是在说毫无意义的梦话。直到她的腿快被他压麻了，她才侧身躲开了他。她起身下床，摸黑走到客厅。

天快亮的凌晨前的五分钟,林嘉芙独自离开尼佳家。她仔细洗干净了手,换了一条吊带花裙子,走出那个陌生的、荒凉的小区。附近几个楼盘正在轰轰隆隆地建造,也许几个月后这里就会人满为患。